Danse avec la foudre

L'Iconoclaste,
26, rue Jacob, 75006 Paris
Tél. : 01 42 17 47 80
iconoclaste@editions-iconoclaste.fr
www.editions-iconoclaste.fr

JÉRÉMY BRACONE

Danse avec la foudre

L'ICONOCLASTE
ROMAN

Figure-toi des hommes dans une demeure souterraine.

PLATON, allégorie de la caverne

– Je me suis assise dans mon lit et j'ai dit « Pourquoi pleures-tu, petit garçon ? »

– Oui, c'était ça, dit Jane avec un gros soupir satisfait.

– Alors, il nous a tous fait envoler pour le pays de l'imaginaire où sont les fées, les pirates, les Peaux-Rouges, la lagune aux sirènes, la maison souterraine et la petite hutte.

J. M. BARRIE, *Peter Pan*

L'église est à vendre.

Figuette conduit sa fille à l'école quand il apprend la nouvelle à la radio. « Mise à prix 280 000 euros, pour la Dame de fer. » Zoé chantonne, il lui demande de se taire. D'accord, dit-elle, et elle reprend sa comptine. Son père monte le son et prend la première sortie. Il doit voir la Dame.

Une ossature en acier et des murs en tôle. Une toiture plate, un clocher sans flèche, le tout peint en gris. Sous d'autres cieux, l'église aurait eu droit à un blanc éclatant. Ici, on a préféré l'assortir au béton des cités.

Pour la construire, les mineurs avaient commencé par extraire ce minerai rouge dans le sous-sol. Puis les sidérurgistes avaient couvé le magma pour le fondre, forgé son squelette, laminé sa peau de tôles. Composée de ces mêmes atomes de fer qui faisaient rougir leurs veines, l'église était la fierté de tous, catholiques ou athées communistes ; parfois les deux, par concession, quand la grand-mère italienne exigeait le baptême du petit dernier.

Du haut de ses quatre-vingts ans, la Dame avait subi les rafales des mitrailleuses allemandes, résisté aux affaissements miniers, et voilà que monsieur le maire raconte à la radio que si ça ne tenait qu'à lui, il la raserait pour faire un terrain de football.

Le journaliste poursuit : « Cinq ans après avoir été achetée par la styliste Léonor Scherrer, fille du célèbre couturier Jean-Louis Scherrer, l'église fait son retour sur le marché. L'héritière voulait investir dans l'univers du deuil. Une ligne de vêtements pour les enterrements, et un studio d'enregistrement de musique funèbre, mais son projet n'a pas abouti. »

Figuette se gare, coupe la radio, laisse tourner le moteur. Attends-moi dans la voiture, dit-il à Zoé.

Mais papa, on va être en retard à l'école! Il s'approche de la Dame, la salue, puis gratte avec son ongle la peinture qui pèle. Un lambeau se décolle et révèle de la rouille. Sous les vitraux, des coulures rouges. On dirait qu'elle pleure du sang, répétait toujours Moïra. Figuette a envie de partager la nouvelle avec sa femme. Mais elle ne le prend plus au téléphone depuis des mois.

Il fait le tour de l'église, ne trouve aucune lucarne ni soupirail pour y entrer. Il se rabat sur un conteneur de poubelles, le traîne devant la porte principale. Il monte dessus, puis grimpe tant bien que mal sur le portique. Fébrile, il se penche sur le vitrail de la rosace. Et tandis qu'il contemple la grande nef déserte, l'allée centrale s'anime au gré de ses souvenirs, s'illumine de cent bougies et des yeux brillants des amis. Il revoit Moïra s'avancer vers l'autel, rayonnante dans sa robe blanche, et tout le film de cette journée héroïque.

Ce matin il a plu. Le soleil se décide à percer et les arbres s'égouttent. Dans l'air, une odeur d'herbe coupée et de bitume tiède. Mouche marche devant. De temps à autre, le rottweiler se retourne pour s'assurer de la présence de ses maîtres. Parfois, c'est lui qu'il faut attendre. Quand il trouve un chewing-gum incrusté dans le trottoir et qu'il s'acharne à l'en décoller.

Sur le chemin de la promenade, les Blocs noirs. Trois tours HLM, habillées de panneaux imitant des ardoises ; une ceinture de places de parking et de garages ; un square qui sent la pisse.

– C'est ici que t'habitais avec maman ?

– Toi aussi. Tu t'en souviens pas, on a déménagé dans la nouvelle maison y a deux ans.

– C'était quelle fenêtre ?

– Juste là, le studio 54. Au cinquième étage. Suis mon doigt et compte : un, deux, trois, quatre...

– Celui avec les fleurs rouges ?

– Oui, le petit balcon avec les géraniums.

La porte vitrée est grande ouverte. Un rideau de mousseline flotte, aspiré par le vent : le voile de leurs folles soirées. Sa femme aimait s'y enrouler, lorsqu'elle dansait seins nus dans sa salopette. Comme la fée Clochette, elle était tellement petite qu'elle n'avait de place que pour un sentiment à la fois. Quand ils faisaient la fête, elle n'était que joie. Je suis une acrobate du Cirque du Soleil, avait dit Moïra, un soir. Il lui avait demandé de ne pas tirer sur le rideau, alors, avec son sourire canaille, elle s'y était pendue de tout son poids et la tringle avait cassé. Dans un même éclat de rire, ils étaient partis en cavalcade dans le studio, elle refusant de lâcher le rideau, traîne de mariée après laquelle Figuette n'a jamais cessé de courir.

Le cimetière est en fleurs. Zoé court d'une tombe à l'autre. Mouche lui colle aux basques.

– Tu parlais à qui ? demande-t-elle.

– À la mère Carpini. Elle est venue porter des fleurs à son mari.

– C'était une madame ?

– Ben oui, ça se voit pas ?

– Je sais pas, dit-elle en levant les bras au ciel, les vieux, ils se ressemblent tous.

Zoé dépose un bouquet de fleurs de pissenlit sur la tombe de son arrière-grand-père.

– Tu crois que pépé Tatta s'amuse bien dans sa cabane ?

Lorsque les anciens atteignent un certain âge, lui

a raconté Figuette, ils se retirent dans une cabane, au cimetière. Après avoir trimé toute leur vie, ils n'ont plus qu'à jouer aux cartes et faire de longues siestes.

Le père Tattaglia a cassé sa pipe à l'automne. Comme il était le cinquième garçon de sa famille, on l'avait prénommé Quinto (le cinquième). À l'époque, on ne s'embarrassait pas avec les prénoms. Mais personne ne l'avait jamais appelé comme ça. Même pour sa femme, il était Tatta. Quand il ne se bagarrait pas avec les patrons, il trinquait, blaguait, jouait aux boules.

Tatta avait fait son entrée dans la légende locale en 1972, en compagnie de son copain Mario Poppini, dit Pop. Ce jour-là, ils faisaient leur tournée hebdomadaire pour vendre *L'Humanité Dimanche*. Brigitte Bardot, la mobylette Peugeot BB3 de Tatta, bégayait sous le poids des deux hommes. Il était bientôt midi et ils avaient écoulé presque tous leurs exemplaires. Un journal acheté, un Picon bière offert. Ils remontaient la rue Henri-Barbusse quand tout à coup ils étaient tombés sur une compagnie de CRS.

– DIO CANE ! Pop, les fascistes, ils remettent ça !

Brigitte Bardot avait chargé tout droit dans l'avant-garde républicaine. Les boucliers des CRS avaient valdingué comme dans une BD d'*Astérix*. Tatta envoyait des coups de casque en faisant des moulinets et Pop distribuait de grosses baffes communisantes.

– C'est nous ! Arrêtez les gars, c'est nous ! avait crié un des CRS en se protégeant le visage.

– Carlo ? Mais qu'est-ce que tu fous avec les fascistes ?!

– C'est pour de faux ! C'est pour le film !

L'équipe de cinéma n'en revenait pas. Le tournage avait été interrompu, le temps de laisser retomber l'hilarité générale. Pour tourner l'adaptation de *Beau masque*, une histoire d'usine et de lutte syndicale, la production était venue dans le nord de la Lorraine chercher un terreau ouvrier. Les volontaires pour la figuration avaient été nombreux. Tous étaient partants pour jouer les grévistes, mais aucun ne voulait porter le costume des CRS ; même pour de faux, ça leur faisait mal au cul.

À la mort de Tatta, la plus grande crainte de sa femme, c'était qu'il n'y ait pas assez de monde à l'enterrement. Elle n'est pas croyante la Nonna, mais elle avait voulu une cérémonie à l'église. Les gens sé déplacent pas zouste per lo founérarioum, il faut oune spectacle. Moïra n'avait pas assisté aux obsèques. Pas encore une fugue, juste une escapade, le temps que tout se tasse. Sa grand-mère ne lui en avait pas voulu, elle était trop sensible sa bambina. À son retour, elle lui avait préparé des gnocchi et la vie avait repris son cours.

– Papa, c'est quoi le grand truc en bas ?
– Le supermarché ?
– Non, le truc plein de trous.
– Le mur ? C'est celui de l'ancienne usine, Aubrives.
– Le boulot de pépé Tatta ?
– Non, Tatta, il bossait dans l'autre usine, Micheville.
– Il fabriquait quoi ?
– Des grandes barres et d'autres trucs en fer, c'était un laminoir.

– Pour quoi faire ?

– Je sais pas moi, ça servait à fabriquer plein de machins. Comme des rails pour les trains. Ou des ponts.

Des sapins bordent le cimetière. Entre leurs branches, en contrebas de la colline, on aperçoit l'ancien mur de soutènement de l'usine, long de plus d'un kilomètre et haut de vingt mètres, percé d'alvéoles en pierre de taille. Ces grottes voûtées lui donnent des airs de HLM troglodyte. Pour les jeunes, une ruine antique. Pour les anciens, c'était hier.

Villerupt, surnommée la Petite Italie, avait poussé de rien au début du siècle dernier, lors de l'eldorado du fer. Dans les années 1980, les hauts fourneaux étaient tombés comme des quilles, laissant la place à d'immenses friches. Sous la ville, le sol chancelle : le gruyère de galeries abandonnées qui relient les cités du bassin menace de s'effondrer. Les traces des mines et des aciéries sont toujours visibles à la surface. Ici des crassiers ; là des cratères ; et partout la terre est rouge de fer. Rouge, comme l'héritage communiste : les rues portent les noms de Lénine, Karl Marx ou encore de Iouri Gagarine. Au temps des mastodontes cracheurs de feu, même le ciel était rouge. La nuit, on pouvait le voir flamboyer par-delà les trois frontières. Un coucher de soleil qui n'en finissait pas d'embraser l'horizon. Les usines ne dormaient jamais, un boucan de tous les diables. Grondements, fracas, grincements de rails ; le silence était un délire de ferraille.

Jusqu'à la dernière fermeture, les aciéries battaient au cœur de la ville. Les ouvriers allaient travailler à pied, leur musette sous le bras. Quand la sonnerie les libérait, ils se dispersaient par grappes. La Petite Italie recensait une centaine de bistrots ; c'était leur récréation. Aujourd'hui, tout le monde travaille ailleurs et les bistrots se comptent sur les doigts d'une main. Les locaux parcourent des dizaines de kilomètres en voiture, passent les frontières belge ou luxembourgeoise et, le soir, rentrent directement chez eux.

Les cheveux de Zoé lui tombent devant les yeux. Figuette sort de sa rêverie pour la recoiffer. Il s'applique, s'emmêle les pattes, renonce. On est presque arrivés au Spoutnik, on demandera à Wanda.

Des moulures au plafond encrassées de nicotine, du papier peint couleur café glacé et des affiches jaunies sur la police des cabarets et la répression de l'ivresse publique. Des tables en formica dépareillées, un baby-foot. Dans l'arrière-salle, un jeu de quilles. Le Spoutnik, ultime refuge où prendre des cafés politiques et trouver du réconfort après une journée amère. Derrière le comptoir en zinc,

Alain encaisse le tiercé de Mario Poppini – quatre-vingt-onze ans, le doyen. Quand elle aperçoit Zoé, Wanda tombe son torchon. La gamine se cache le visage pour ne pas être embrassée. Wanda la bise une fois sur la joue et deux fois sur le nez, puis l'aide à grimper sur un tabouret.

– Mais qui t'a coiffée comme ça ?

Il y a deux types de femmes, prétend le père Poppini : celles qui se maquillent, et celles qui n'en ont pas besoin. Wanda, elle, se maquille. Son fond de teint lui fait du crépi sur la figure et son mascara déborde sur ses paupières comme la gouache des dessins de Zoé. Tout le monde l'adore. Parce qu'elle sent bon, dit l'ancien. En plus elle est généreuse sur les cacahuètes, et elle vous écoute pour de vrai. La plupart des gens n'écoutent pas quand on leur parle. Ils ne font qu'attendre poliment, parfois même avec impatience. Mais pas Wanda. Peu importe que vous lui parliez du cancer de votre femme ou du slip qui vous gratte, elle écoute.

Figuette fréquente le Spoutnik depuis sa petite enfance. Sa mère l'y envoyait acheter des cigarettes, avec la monnaie il se prenait un Mister Freeze.

Il suçait le glaçon au cola en déambulant entre les tables, regardait les hommes jouer aux cartes ou à la morra, un jeu rital où il fallait hurler des chiffres à s'en péter les veines du cou. Wanda s'était prise d'affection pour le fils du Fighetti. Comment cet ivrogne de mineur avait pu faire un gamin si chou ? Elle adorait les enfants ; les siens étaient déjà grands. Sa mère finissait par téléphoner au bistrot. Oui oui, vous inquiétez pas madame Fighetti, il est toujours là. Mais non, il dérange pas. Je vous le renvoie quand il aura fini son diabolo. Elle le gâtait, lui offrait des sachets de pipasols, des pièces de un franc pour le baby-foot. Alain lui en avait appris les rudiments : tirs croisés, passages le long de la bande et bien positionner ses demis. À douze ans, Figuette maîtrisait la belote de comptoir, la coinche, le rami et le tarot. Si jamais les anciens le réclamaient pour faire le quatrième, il était fier. Sa discrétion passait pour de la timidité. Toujours dans la lune, Alain l'appelait le Poète et c'était resté.

Ce dimanche de mars, les fidèles arrivent les uns après les autres pour l'apéro. Nourdine gare sa moto sur le trottoir. Bolchoï lui tape dans le dos. Comment que c'est Nounou ? Il serre les pognes, fait une bise sur le crâne de Zoé et une autre sur celui, dégarni, du père Poppini. Surpris, le vieux lui jette un sort en italien, en faisant les cornes avec son index et son auriculaire.

– Cornuto !

– Alain, dit Bolchoï, remets un galopin au Pop, ça le détendra.

Alain passe ses journées le nez dans *France Turf*. Il enchaîne les pronostics avec la trogne d'un trader.

– Combien t'as gagné cette semaine ? lui demande Nourdine.

– Oh... pas grand-chose.

– Allez, te fais pas prier, relance Figuette. Combien ?

– Avant ou après la douane ?

La douane, c'est Wanda. Plus Alain gagne, plus il joue gros. Alors elle prélève une partie de ses gains pour les étrennes de leurs petits-enfants. Pour tromper la douane, il encaisse ses tickets gagnants dans un autre PMU, à dix kilomètres de là.

Alain ne voulait pas reprendre le bistrot familial. Il avait l'ambition d'en découdre, s'engager politiquement. Difficile d'être pris au sérieux quand on n'a jamais mis les pieds dans une usine. Qu'est-ce que t'y connais, toi, au travail ? À seize ans, il s'était fait embaucher, le temps d'un job d'été. On l'avait envoyé récurer les cheminées du laminoir pendu au bout d'une corde. C'était effrayant, mais moins que l'acier en fusion. Un chaudron d'une lave aveuglante, de la sorcellerie. Un ouvrier était tombé dedans, du haut d'une coursive. Il était mort avant d'avoir compris qu'il avait trébuché. Instantanément dissous. Tout juste le crépitement d'un moucheron au contact d'une bougie. Comme il ne restait rien de lui, ses camarades avaient pris un morceau du rail provenant de l'acier en fusion et l'avaient offert à la veuve. Quand Alain avait vu le bout de ferraille dans le cercueil, il avait su qu'il n'aurait jamais le cran d'y retourner. Il avait repris le bistrot et l'avait rebaptisé Spoutnik, à cause d'une gnôle de sa fabrication qui vous envoyait dans la stratosphère. Ça ne l'avait pas empêché de s'impliquer au Parti. Et depuis quarante-huit ans, pas une soirée où il n'évoque le vacarme infernal des machines et la fournaise des entrailles de l'usine.

Piccio se penche sur Zoé.

– Tu veux une clope ?

– Non, répond-elle le plus sérieusement du monde.

– Une bière alors ?

Julien Picciolini. Un copain d'enfance de Figuette et Nourdine. Il est trop grand pour ses pantalons, Piccio. Et quand il boit, il transpire comme de la charcuterie au soleil. Wanda, réclame-t-il en montrant la bouteille vide, t'envoies sa petite sœur ? Piccio aime boire sa bière au goulot. Une fois vide, il en décolle l'étiquette, la roule dans la paume de ses mains et la glisse dans la bouteille.

– Et ces vacances, demande-t-il à Figuette. Vous partirez où ?

– Du côté de Sète. J'ai trouvé un camping avec une piscine et des cabanes dans les arbres. On a déjà fait le programme, pas vrai Zoé ? Baignade, châteaux de sable et pêche à la ligne.

– T'as posé tes congés ?

– J'ai demandé les deux dernières de juillet.

– Pourquoi poser des congés ? dit Bolchoï. D'ici l'été on sera tous au chômage.

– Rien à battre, cette année j'emmène la petite en vacances. Elle a jamais vu la mer.

– T'en sais rien, Bolchoï, dit Alain, les Allemands ont assuré au syndicat qu'ils avaient une solution pour maintenir l'activité.

– Rosegrund ne touche plus les aides publiques, répond Bolchoï, alors ils vont se magner de délocaliser. Comme pour Daewoo. Tu t'en souviens pas, Piccio, tu jouais encore avec ton caca. Les Coréens avaient palpé des sub énormes : 46 millions, cinq ans d'exonérations de taxes. Ils avaient fait un bénef rapide et s'étaient barrés à l'étranger. Trois usines liquidées, 1 200 licenciements. Le temps est aux usines jetables, moi je vous le dis. Et nous aussi, on est jetables.

– Deux lignes de production ont déjà été sucrées, poursuit Figuette. Les machines sont plus entretenues. Le bâtiment part en sucette. Certaines portes, pour les fermer on doit les coincer avec des balais.

– De mon temps, ça se serait pas passé comme ça, dit le père Poppini. Faut vous battre, les jeunes, faut pas laisser faire ces fascistes.

– Qu'est-ce qu'on peut faire de plus que vous ? Vous vous êtes bagarrés comme des Apaches. Ça les a pas empêchés de fermer les mines et les aciéries.

– Alors battez-vous pour un bon plan social. Faites-les cracher, les Boches ! Qu'ils vous indemnisent !

– On s'est pas battus, chez Daewoo ? Grève sur grève, on a même dû séquestrer le patron juste pour que *monsieur* nous fasse l'honneur de payer nos salaires. On a accepté de reprendre le taf, et trois jours plus tard le feu cramait toute l'usine.

– Et qui a été condamné pour l'incendie ? Un pauvre syndicaliste, dit Alain. Les flics et le tribunal n'en ont rien eu à secouer que tout accusait les Coréens. Le patron était recherché pour fraude par Interpol, et pendant ce temps la France lui refilait la Légion d'honneur.

– Faut pas tomber dans la parano, intervient Nourdine.

– La parano, s'emporte Bolchoï ?! T'y étais, toi, quand ça a cramé ? Quand on a cherché à éteindre les flammes et qu'on a découvert que les extincteurs étaient vides, les alarmes débranchées et que la lance à incendie n'était même pas raccordée à l'arrivée d'eau ! Les gardiens avaient été renvoyés chez eux la veille et, le matin même, le matin même ! toute la comptabilité avait été déménagée en douce.

– T'imagines combien leur aurait coûté un plan social ? dit Alain. C'était plus simple d'y foutre le feu. Pourtant c'est quand même Kamel qui a été condamné, trois ans ferme qu'il a pris. Avec quelles preuves ? Rien du tout qu'ils avaient, au tribunal.

– Tous de mèche, dit Bolchoï. On peut rien attendre de la justice ni des politiques. Vous vous rappelez la présidente du tribunal ? Certains témoins ne causaient pas assez bien au goût de madame. « Pour travailler sur des chaînes de montage, qu'elle avait osé balancer, c'est sûr qu'on recrute pas parmi l'élite de la société… » Une justice de classe, y a pas d'autre nom, moi je vous le dis.

– Alors, vous allez faire quoi ? demande le père Poppini. Accepter de vous faire virer sans un sou ?

– Non, Pop, te tracasse pas, dit Bolchoï en regardant Figuette droit dans les yeux. On sait ce qu'on a à faire.

La dernière fois que Figuette avait vu sa femme, elle traversait la cuisine avec un panier de linge sale. Sur la route de l'usine, ce matin-là, il s'était dit qu'elle n'aurait pas pris la peine de lancer une lessive si elle avait prévu de fuguer.

Le soir, il n'avait trouvé personne à la maison. La machine à laver n'avait pas été vidée. Il s'était allumé une cigarette, avait étendu le linge. Puis il était allé chercher la gosse et le chien chez la mère Tatta.

Les jours précédents, Moïra s'était montrée câline. Elle chantonnait, distribuait des bisous, reniflait l'odeur dans le cou de Zoé. Et ce n'était pas bon signe, pas du tout.

En temps normal, elle ne sait pas s'exprimer sans faire de reproches, s'irrite pour un rien. Il ne faut pas lui en vouloir, c'est juste de la pudeur. Les mots ricochent sur Figuette sans le blesser. Elle fait preuve d'une telle créativité dans la tournure de ses foudres, pour lui ça en devient de la poésie. Certains jours, il peut même en rire. Je devrais épingler tes bons mots dans un carnet, lui dit-il. Et cette perspective désamorce les tensions. Ou les fait redoubler.

S'il tolère ses humeurs, c'est parce que les ennuis commencent lorsqu'elle s'éteint. Et qu'elle allume la télévision. Films. Séries. Son marathon peut durer des jours et des nuits. Elle mange sur le canapé, dort sur le canapé. La télévision est pareille à une veilleuse dans une chambre d'enfant. Sa jeune épouse s'oublie dans d'autres histoires que la sienne, loin de la médiocrité du quotidien. Moïra rêve de romance, d'une vie écrite par un dieu qui aurait enfin du talent.

Dans ces moments-là, Figuette ne sait plus, n'essaie plus, attend que ça passe. Des années d'expérience et ça le dépasse toujours autant. Il la confie à la garde de Mouche. Couché sur ses pieds glacés, le rottweiler lui lèche les orteils sans attendre un regard en retour.

Il envoie parfois leur fille en éclaireur, pour lui porter une offrande de cookies. Mais rien à faire, elle n'a aucune attention pour la petite émissaire. Elle a l'égoïsme de la tristesse.

Moïra est un point à l'horizon, cette ligne imaginaire qui recule au fur et à mesure qu'on l'approche.

Et soudain, la colère. Le bouchon de liège saute sous la pression. La vie revient trop vite, trop fort, avec violence. Un feu, la colère. Un phénix. De retour d'exil, ses propres renoncements l'exaspèrent. C'en est fini de la passivité, elle va se battre.

Tout le monde en prend pour son grade, elle ne laisse rien passer. Cherche la petite bête, va jusqu'à l'inventer. Si Mouche lui fait la fête, elle le rouspète. Une plaie ce chien, il ne tient pas en place. S'il dort dans son panier, elle trouve qu'il respire trop fort, il le fait juste pour l'emmerder. Une ampoule restée allumée, elle peste après Figuette. Un bisou dans le cou, t'es relou, fais-moi de l'air.

Puis la colère l'abandonne comme elle était venue. Et Moïra n'est plus que douceur et joie de vivre. Mais c'est qu'elle se réfugie ailleurs. Elle s'évade dans la planification de son énième fugue. Se scénarise une nouvelle identité, une fiction sur mesure.

Elle va de nouveau disparaître. Partir pour renaître.

Dans la cuisine, les mouches se cognent contre les vitres. Le carrelage colle, l'évier déborde. Des tournesols comme des soleils sur la tapisserie ; une batterie de casseroles en cuivre poussiéreuses ; et un vieux calendrier de la Poste avec la photo d'un chaton. Zoé lèche la confiture d'une biscotte. Figuette la coiffe en fumant une clope.

– Tu me tires les cheveux !

– Ils sont pleins de nœuds.

– Aïe !

– Arrête ton cinéma, je les brosse tout doucement.

– Maman, elle fait jamais mal.

– Ouais, mais maman elle est pas là.

– Elle revient quand, maman ?

– Je te l'ai déjà dit, j'en sais rien.

– Ben t'as qu'à lui demander.

– Elle répond pas au téléphone. Tu veux une tresse ou des couettes ?

– Elle est où, maman ?

– Tu m'as déjà posé la question hier.

– J'ai oublié. Redis.

– Elle est chez tata Laura, à Clermont-Ferrand. Couettes ou tresse ?

– Comment tu le sais si elle répond pas au téléphone ?

– C'est Nonna qui me l'a dit. Couettes ou tresse ?

– Tu sais pas faire les tresses.

– Je peux essayer.

– Non, tu me fais trop mal.

– Arrête de gigoter si tu veux pas que je te fasse mal !

– Aïe ! Fasciste !

– Hé oh, on se calme ! Je t'ai déjà dit de pas me traiter de fasciste.

– Mi fai incazzare, non sei carino.

– Et tu me parles pas en italien, j'y comprends que dalle !

Sur Facebook, des commentaires sur la dernière rencontre des délégués avec la direction de l'usine. Les Allemands promettent encore et toujours le maintien de l'activité. Rien à en attendre, marmonne-t-il.

Il s'arrête net, le cœur en marteau-piqueur. Moïra a mis en ligne une photo d'elle. Elle ne poste jamais rien, s'était créé un compte *juste pour voir*. Elle a toujours méprisé les gens qui s'exhibent sur les réseaux sociaux. Sur la photo, elle est assise, de dos, à la terrasse d'un café. Sa nuque est rasée. Elle s'est coupé les cheveux ! Elle les a toujours eus longs, il adorait y passer la main. Elle lui avait juré mille fois qu'elle ne les couperait jamais. Il zoome sur l'image, détaille ses oreilles, remonte le long de sa nuque. Pas de doute, c'est bien elle.

Il s'allume une nouvelle Marlboro. Sur la table du café, plusieurs verres. Avec qui boit-elle des coups ? À Clermont, elle ne connaît que sa sœur. Et elle a horreur des bars.

Ses mains tremblent et un bol tombe.

– T'as cassé le bol de maman !

– Calme-toi. J'ai pas fait exprès.

– Elle va jamais vouloir revenir si elle a plus son bol !

– C'est rien qu'un bol. Elle s'en fout, maman.

– Même pas vrai !

– Si, elle s'en fout. De tout. De la maison, du chien, de nous !

Le visage de Zoé se barricade. Elle court dans le salon, monte les coussins du canapé en tipi et s'y cache avec Mouche.

Pauvre con, se dit-il. À genoux, il demande la permission d'entrer.

– Mot de passe ? répond Zoé d'un ton sec.

– Carabistouille ?

– …

– Saperlipopette ?

– …

– Supercalifragilisticexpidélilicieux ?

D'habitude ces mots la font mourir de rire.

– Zoé ?

Juste un grognement.

– Je voulais pas dire ça. Elle s'en fout pas, maman. Même que tu lui manques beaucoup.

– Comment tu sais ?
– Elle m'a envoyé une photo pour toi, regarde.
– C'est maman, ça ? Elle a plus de cheveux ? Pourquoi qu'elle a coupé ses cheveux ?
– Elle devait en avoir envie.
– Ou peut-être qu'elle avait des poux ?

Ils partent en fou rire. Des poux ! Zoé exagère son rire pour prolonger ce moment de complicité.

– Pourquoi qu'elle est partie maman ?
– Elle est très fatiguée, elle a besoin de vacances.

Zoé ne dit plus rien, fixe ses orteils, les fait gigoter comme des asticots.

– Nous aussi on va bientôt partir en vacances.
– Oui ! On va aller au camping !
– Avec Mouche !
– Et maman ?
– Je sais pas, peut-être bien.
– Tu remontres la photo ?
– OK.
– Y a écrit quoi là ?
– « Zoé, je t'embrasse très fort, fait-il mine de lire. Tu me manques, je t'aime. » Et si on lui répondait un truc ?

– Demande si elle vient pour les vacances !
Figuette fait semblant d'envoyer le message.

Il hésite à liker la photo. C'est peut-être pour eux, ce post. Une manière de dire qu'elle va bien, sans avoir à le dire ; ça lui ressemble. Il s'en était convaincu avant qu'un certain Steeve ne commente la publication par un cœur. Qui c'est celui-là ? Figuette parcourt sa page : un fan de moto et de randonnées. D'où elle le connaît, ce mec ? Un rouquin, en plus. La jalousie le fait monter dans les tours. Pendant qu'il trime, elle, elle fait la belle. Elle n'a toujours pas versé sa part des mensualités pour la maison. On est le douze du mois et il est déjà à découvert. Comment faire pour les vacances ? Hier il a voulu réserver l'emplacement du camping, le virement n'est pas passé.

S'il disait aux potes à quel point il est dans la mouise, ils lui proposeraient de le dépanner, il n'en doute pas. Nourdine le premier. Il a les moyens, Nourdine, un bon job au Luxembourg, dans une banque d'affaires. Mais Figuette n'a jamais su demander de l'aide.

Quand il avait commencé à retaper la maison, il n'avait rien dit à personne. Les potes ne le voyaient plus ni au foot, ni au bistrot.

– T'étais passé où ?

– Sur le chantier.

– Pourquoi tu nous as pas appelés ?

– Pas besoin, j'ai pas encore attaqué les choses sérieuses.

– Mais tu le diras quand t'auras besoin ?

Le week-end suivant, rebelote. Mais cette fois il avait peur de les avoir vexés.

Le troisième week-end, il abattait les cloisons à coups de masse quand ils avaient débarqué. Sans prévenir, en tenue de travail, avec leurs outils. Alain s'était chargé de la plomberie, avec Piccio comme arpète. Il n'avait jamais aimé se salir les mains, le minot, mais il avait fait l'effort de se lever tôt et c'était déjà beau. Bolchoï avait apporté deux rouleaux de câbles, un tableau électrique presque neuf et un carton rempli de douilles, de dominos, de prises et d'interrupteurs. Il s'était excusé toute la journée pour avoir oublié les ampoules.

Coralie, la femme de Bolchoï, était arrivée en fin de matinée avec les frères Ronzi, au volant du camion de l'usine. Des sacs de ciment, de plâtre et d'enduit ; des panneaux d'isolant ; une douzaine de cartons de carrelage dépareillé, mais pas vilain.

Figuette savait d'où provenaient tous ces matériaux. Sa maison allait être sponsorisée par Rosegrund. Ils lui devaient bien ça, ces fumiers. Les Allemands avaient touché 11 millions d'aides publiques. Ils pouvaient laisser la petite monnaie.

Les copains ne l'avaient même pas consulté pour la peinture. Wanda s'était pointée avec plein de pots tout aussi dépareillés que le carrelage. Les couleurs les plus piquantes, ils les avaient utilisées dans les pièces secondaires : les toilettes en violet, et la salle de bains orange et vert.

À son insu, le groupe allemand avait donc casqué pour la rénovation de la maison. Lors de la crémaillère, les collègues avaient chouré un panneau et l'avaient accroché sur la façade :

PROPRIÉTÉ PRIVÉE
ROSEGRUND
ENTRÉE RÉSERVÉE
AU PERSONNEL

Il s'y trouve toujours.

Devant ce panneau, ils avaient trinqué et Figuette avait cherché les mots pour remercier tout le monde.

Bolchoï l'avait coupé : C'est pas poli de dire merci aux amis.

Sa sœur l'avait traînée au bal du foot, à Longwy. Moïra venait d'avoir quinze ans, il était temps qu'elle quitte sa chambre. La salle polyvalente était décorée avec des guirlandes de papier crépon orange et noir, les couleurs du club. En début de soirée, les anciens avaient dansé la valse. C'est quoi cette musique ? Et ce DJ à moustache, grave ringard avec son nœud papillon ? Pour sa première sortie, elle avait mis le paquet : une robe noire, ornée de dentelles, et des talons aiguilles. Elle se tenait à l'écart, adossée à un mur, ses cheveux rabattus sur son visage pour se donner un air mystérieux. C'était censé plaire aux garçons, mais tout le monde se demandait pourquoi elle faisait la gueule.

Piccio lui avait tourné autour comme un gros lourd. T'as perdu ton chien ?

Figuette était venu à son secours, content d'avoir un prétexte pour l'aborder. Il lui avait payé une coupe de champagne et elle avait commencé à se détendre. Elle palpait ses lèvres, disait qu'elle pouvait les sentir pétiller.

– T'as quel âge ? lui avait-elle demandé. Au moins cinquante ans ?

– Vingt-trois.

– Sérieux ? T'as huit ans de plus que moi ! T'es un pédophile ou quoi ?

Ils avaient dansé, mais juste un peu, la musique de bal, ce n'était pas pour eux. Il n'était pas minuit quand Figuette lui avait demandé son numéro. Elle avait répondu du tac au tac :

– Tu veux qu'on sorte ensemble ?

– On pourrait déjà apprendre à se connaître.

– Je veux pas d'un homme qui sait pas ce qu'il veut.

Avant Figuette, elle n'était sortie qu'avec un seul garçon. C'était en cinquième. Il s'appelait Karim et, bien que dans la même classe, c'était un grand car il avait redoublé. Ils étaient sortis ensemble sans jamais s'être adressé la parole auparavant. Un lundi matin, il avait envoyé ses émissaires. On ne connaissait pas d'amie à Moïra, alors ils étaient passés par la fille à côté de qui elle était assise en cours. Comme elle n'avait pas trouvé de raisons pour refuser, elle avait dit oui.

Ils se retrouvaient sur un banc, près des toilettes des filles. Il la rejoignait à la fin de chaque récréation, haletant et transpirant d'avoir trop couru après le ballon. Il mettait sa langue dans sa bouche et la faisait tourner très vite. Moïra s'était souvent demandé à quoi ça pouvait bien ressembler de rouler des pelles. Elle avait envisagé des sensations, des émotions, mais jamais que l'autre pouvait avoir un goût : les lèvres de Karim étaient salées et à l'intérieur ça sentait le chewing-gum à la fraise.

À la sonnerie, il se décrochait d'elle comme un sparadrap et partait en trottant rejoindre ses potes. Il évitait toujours de croiser son regard, ça aurait pu être pris pour de l'affection.

Le lundi suivant, les émissaires étaient retournés

voir sa voisine de classe. Et jusqu'à la fin du collège, elle avait été celle qui s'était fait larguer par Karim le grand.

Quelques jours après le bal, elle avait retrouvé Figuette au Spoutnik. Des heures durant, ils avaient joué à la crapette. Tous les habitués étaient venus les saluer, ils n'avaient pas eu à payer un seul verre. Le patron appelait Figuette le Poète. Longtemps, Moïra avait espéré que son petit ami écrivait de la poésie.

Elle trouvait ça *trop bien* d'avoir un mec plus âgé qui avait un appartement, une voiture et un salaire. Un homme. Des mains fortes, des mains de travailleur. À seize ans, il avait quitté l'école. Comme tu veux, avait dit son père. Mais si tu crois que tu vas passer tes journées devant tes jeux vidéo, tu me connais mal. T'as jusqu'à la fin de la semaine pour trouver du boulot ou tu te tires. Alain l'avait fait embaucher dans une boîte de travaux publics. Sans qualifications, il cassait du caillou à longueur de journée. Il avait un travail, mais il s'était tout de même tiré de chez son père.

Avant Moïra, Figuette avait couché avec trois filles. Aucune ne s'était attardée dans sa vie. Il trouvait le sexe plutôt décevant. Et l'amour aussi.

Lors de leur première fois, Moïra avait pleuré et il avait pris ses sanglots pour des gémissements de plaisir. À la vue de ses joues mouillées, il s'était retiré, minable. Elle s'était recroquevillée dans un coin du lit.

Il avait roulé un pétard et ils avaient fini par rire de leur foirade. Puis elle était venue sur lui, comme on remonte à cheval aussitôt après une chute. Figuette avait eu peur qu'elle se remette à pleurer et ça l'avait coupé.

Depuis leur rencontre, Figuette voyait moins souvent ses potes. Il n'allait plus jamais à l'entraînement de foot du mardi car elle n'avait pas cours le lendemain. Au lit, ça allait de mieux en mieux, la pudeur se dissipait. Habitué aux vestiaires, Figuette n'avait aucun problème avec la nudité. Pour elle, c'était une autre histoire. Un corps de fillette. Un corps de traître, ajoutait-elle dans ses mauvais jours. La puberté m'a donné qu'une grosse touffe et mal au bide, elle a oublié le reste. Ma grand-mère et ma sœur ont des gros nichons, moi j'ai que des tétons et même pas l'auréole qui va autour. Elle confondait auréole et aréole, Figuette se gardait bien de le lui faire remarquer. Une fois il lui avait dit qu'il les aimait bien, ses piqûres de moustique, et ça ne l'avait pas fait rire du tout.

Pas moyen de la reluquer. Quand elle sortait du lit, elle lui ordonnait de tourner la tête. Un soir, alors qu'ils faisaient l'amour, elle lui avait donné un coup de poing dans l'épaule : Tu regardes quoi ?! Dans ses yeux on lisait la terreur de se sentir jugée.

Après deux ou trois verres, elle se détendait. Il avait pris l'habitude de leur organiser des apéros. Bouteille de vin et petits fours. Il allumait des bougies, fermait les rideaux et mettait de la musique. C'est trop beau, merci… lui disait-elle, les mains jointes devant sa poitrine.

Un vendredi, Figuette était rentré tard de l'usine, il n'avait pas eu le temps de faire des courses. Pas grave, lui avait-elle dit, mais la déception se lisait sur son visage. Il n'avait pas de vin. Tu veux une bière ?

Elle avait explosé.

– Une bière… ? Une bière !! Mais tu m'as prise pour ton pote ou quoi ?!

Figuette était paralysé. Rien ne l'avait préparé à la foudre.

– Tu vas rester planté comme ça ?! Dis quelque chose !

Elle le toisait avec mépris. Jamais elle ne pourrait aimer un mec sans couilles au cul.

Elle avait tendu la main lentement, pour qu'il comprenne ce qu'elle s'apprêtait à faire. Et d'une pichenette, elle avait fait tomber le géranium. Le pot s'était brisé sur le lino, de la terre partout. Elle était contente d'elle.

– Je vais tout casser… avait-elle dit sans desserrer les dents.

Son regard s'était posé sur le cendrier. Il était plein et elle avait joui d'avance à l'idée du fracas du verre et des mégots s'éparpillant dans la pièce. Elle l'avait balancé contre la cloison des toilettes : un trou comme un coup de poing dans le placo.

Avant de passer à des choses plus sérieuses, elle avait arraché deux posters et déchiré le col de son propre t-shirt. Les choses sérieuses, c'était la console de jeux. Elle en débranchait les câbles quand le Polonais du dessus en avait eu sa claque. Il avait frappé au sol avec un balai, l'avait traitée de connasse, d'hystérique, de mal-baisée. Elle va la fermer ou faut que je descende ?!

Tout l'immeuble pouvait l'entendre, elle était humiliée. Des larmes plein les yeux, elle avait dit à Figuette :

– Tu vas le laisser me parler comme ça... ?

Elle avait empoigné la PlayStation et s'était dirigée vers le balcon. Figuette l'avait ceinturée. Moïra se débattait, mordait, griffait. Son corps était bouillant, trempé de larmes et de sueur. Il l'avait plaquée au sol.

– Tu m'aimes plus ! C'est foutu, tu m'aimes plus !

Sa voix déraillait dans les aigus. Elle hoquetait, avait eu la respiration coupée. Ses yeux appelaient à l'aide, le souffle ne voulait pas revenir. Respire, respire ! Elle avait perdu le contrôle, ne se souciait plus de rien, pas même de la morve qui lui coulait du nez.

Il l'avait mouchée, avait longuement passé la main dans ses cheveux. Une fois calmée, il l'avait portée sur le lit. Elle s'était endormie illico. Réveillée deux heures plus tard, elle avait fixé le plafond jusqu'au matin. Puis avait allumé la télé.

Moïra s'était éteinte. Pour la première fois.

Le dimanche soir, il l'avait ramenée chez elle. D'un pas somnambule, elle était allée droit dans sa chambre. Sans un mot, ni même un regard. Et ses grands-parents n'avaient pas eu l'air de s'en étonner.

Figuette pensait ne jamais la revoir. Il n'avait eu aucune nouvelle de la semaine et n'avait pas osé en prendre. Le vendredi suivant, elle était de retour. Sur le pas de la porte, avec son sourire et cette malice dans les yeux qui le faisait craquer. Il avait ouvert une bouteille de vin, allumé les bougies et mis de la musique.

Moïra avait bu. Pas plus de quatre verres, mais elle ne tenait pas l'alcool. Ils avaient ri. Ils avaient dansé. Sur *Try (Just A Little Bit Harder)*, elle s'était déshabillée. Pas un strip-tease, elle voulait juste se débarrasser de ses vêtements.

– Roule-moi un gros gros pétard !

Elle avait continué à danser nue et il ignorait s'il avait le droit de la mater. Montée sur la table basse, elle trémoussait sa chatte, fraîchement rasée, à quelques centimètres du visage de Figuette. Elle guettait sa réaction en se mordant la lèvre.

– C'est tout doux... avait-il susurré.

Elle avait éclaté de rire. En sautant de la table, elle avait crié :

– Fini la grosse touffe !

Elle toupillait, ses cheveux fouettaient l'air. Je voudrais être Janis Joplin ! Elle s'était dirigée vers l'orchidée. Voilà ce qui me faut ! Elle avait coupé une fleur et l'avait glissée dans ses cheveux. Elle tourbillonnait, encore et encore, pour ajouter de l'ivresse à l'ivresse. Sublime, païenne, elle tirait sur le pétard, crapotant une fois sur deux. Avec une guirlande de Noël, elle s'était improvisé un boa bleu électrique. Le même que Janis !

Quand le rythme s'était accéléré sur *Me And*

Bobby McGee, elle avait couru au balcon et ouvert les rideaux en grand. Tu fais quoi ?! Ça l'amusait de s'exhiber. Il était venu derrière elle pour refermer le rideau, mais elle s'y agrippait. Elle s'était frottée contre sa braguette et il avait vite oublié le rideau. Prends-moi ! Le temps de déboutonner son jean et il était en elle. Elle se tenait sur la pointe des pieds, cambrée, les mains appuyées contre la porte-fenêtre. La vitre s'embuait sous sa bouche. Elle accompagnait ses coups de reins en se cambrant davantage, pour le sentir toujours plus profond en elle. Ils se regardaient dans le reflet de leurs yeux. C'était excitant de s'observer en action. Ils ne distinguaient rien au-dehors et se foutaient que tout le monde puisse les voir. Plus rien n'existait en dehors d'eux.

Grasse matinée. Un copieux petit déjeuner, avec croissants, brioche et oranges pressées. Puis ils avaient passé le reste de la journée à comater sur le canapé.

Vaseuse, elle s'était couchée de tout son long, la tête sur les cuisses de Figuette. Je crois que j'ai la grippe, avait-elle dit. T'as surtout la gueule de bois. Il lui passait la main dans les cheveux, ses doigts couraient dans son cou, effleuraient la peau de sa nuque. Il caressait son dos et elle frissonnait en ronronnant. Quand il ralentissait, elle ronchonnait. Elle était tout autant insatiable de papouilles que d'ivresse. Je crois qu'un jour je pourrai jouir du dos, c'est encore mieux que le sexe.

Ce besoin irraisonné de caresses, affirmait-elle, ce n'était pas de sa faute. Enfant, elle avait manqué de tendresse. Chez les Tattaglia, il ne serait venu à l'idée de personne de lui passer la main dans les cheveux. Ses grands-parents ne se faisaient pas la bise, même pas pour la bonne année, alors la tendresse... La seule fois où elle avait ressenti ce frisson, c'était lorsqu'elle avait eu des poux. Elle avait simulé des démangeaisons pendant des semaines afin que sa grand-mère continue de lui inspecter la chevelure. Il lui était arrivé de se sentir si seule, racontait-elle, que lorsqu'une mouche venait à se poser sur elle, elle fermait les yeux et la laissait explorer son épiderme, en imaginant que ces chatouilles étaient des caresses.

Un parallélépipède blanc, posé dans une zone industrielle entourée de champs et de bois, à quelques kilomètres de Villerupt.

ROSEGRUND

L'industriel allemand s'est installé il y a sept ans, appâté par les subventions et l'exonération de taxe professionnelle. Un préfabriqué en tôle, éclairé aux néons, froid et à moitié vide. L'hiver on s'y gèle et l'été on y cuit. Sur les lignes de production, principalement des femmes. Quatre-vingt-sept petites mains y assemblent des robots de cuisine haut de gamme, le fleuron de la marque avoisine les 1 200 euros.

Les hommes, on les trouve à la maintenance et à la manutention. Parmi les caristes, Figuette, Bolchoï et les frères Ronzi.

Aux commandes de son chariot élévateur, Figuette charge une palette de robots dans un semi-remorque. Sur les cartons, le drapeau bleu blanc rouge. Pourtant ici on ne fait qu'assembler des pièces produites en Chine. Dans les caisses d'approvisionnement, parmi les carters en plastique, les moteurs et autres composants électroniques, il arrive que les ouvrières découvrent des objets oubliés par les Chinois : cutters, tournevis, mais aussi des affaires personnelles, comme des lunettes ou un paquet de cigarettes. Un jour, une intérimaire y avait trouvé une tong crasseuse, une licorne sur la lanière. Elle était minuscule, taille 27. Aucun doute, c'était une tong d'enfant. Scandalisées, un groupe d'ouvrières avait fait irruption dans le bureau de Courson, le tout jeune directeur, aux costumes bon marché.

– C'est quoi ça ?! Vous faites bosser des enfants ?!

– Arrêtez votre délire, vous dites n'importe quoi.

– Mais vous voyez bien la taille de cette tong ?!

– C'est bien connu que les Chinois ont des tout petits pieds.

– Ça vous fait rien de savoir que votre groupe fait du fric en exploitant des gosses ? Pas question qu'on participe à tout ça !

– Très bien, avait-il dit en cherchant à cacher son malaise, si vous vous plaisez pas, personne vous retient.

Un sifflement strident : la Peugeot de Piccio s'annonce, avec sa courroie de distribution fatiguée. Il contourne le bâtiment par la droite, vers les quais de chargement. À cette heure de l'après-midi, un vendredi, il n'y a pas plus de cinq ou six camions en attente. Les chauffeurs, lituaniens, portugais, estoniens, taillent une bavette comme ils le peuvent, en s'aidant de leurs mains.

Piccio est attendu au quai numéro neuf. Il se gare à cul. Coincée entre deux semi-remorques, la voiture paraît un jouet d'enfant. On se dépêche de la charger. Une dizaine de cartons dans le coffre, trois à l'arrière, planqués sous un plaid. Le plus jeune des frères Ronzi vient prévenir que le chef d'équipe est retenu en réunion avec le directeur. De quoi laisser à Piccio le temps de faire un tour de circuit en Fenwick.

Il s'installe au volant du chariot sous l'œil des routiers, curieux des pratiques sportives locales. Bolchoï pilote l'autre engin. Sur la ligne de départ, Figuette, un drapeau à damier à la main. Ce circuit, c'est sa création. Il en a conçu le tracé, la banderole d'arrivée et le podium en palettes et caisses de bois.

Les pilotes font rugir leur moteur. Un coup de klaxon et c'est le départ. Figuette saute en l'air en agitant le drapeau. Piccio passe devant, mais Bolchoï ne se laisse pas distancer. Le circuit fait le tour de l'entrepôt. Sa principale difficulté est une chicane un peu sèche pour des engins de ce poids. Piccio freine trop fort. Bolchoï prend la tête et ne la quittera plus. Il le connaît par cœur, ce circuit, il en détient le record, avec une minute et trente-trois secondes. Le slalom entre les palettes de robots, une formalité. Piccio met les gaz pour rattraper son retard, dérape dans un virage et manque de taper un pilier en acier. Il se relance et dans l'ultime ligne droite colle au cul de Bolchoï, mais le Polonais passe la ligne d'arrivée en tête.

– Une minute quarante-sept. Pas mal, pour un touriste, dit Bolchoï.

– J'ai pigé comment prendre la chicane. La semaine prochaine, je te crame ton record.

– Rigolo de kermesse ! Monte avec moi, au lieu de dire des conneries.

Piccio se cale une fesse à côté de Bolchoï. Arrivé sur le parking P1, ils s'arrêtent devant une Twingo et Piccio l'aide à manœuvrer.

– Oui, vas-y, juste un peu sur ta gauche !

Bolchoï glisse les fourches de l'élévateur sous la petite voiture et la soulève en douceur. Tandis qu'ils longent les ateliers, quelques sourires en coin, mais personne ne semble s'étonner du Fenwick et de sa drôle de cargaison, tant ce spectacle est devenu courant. Depuis des mois, Bolchoï profite des réunions pour changer de place la voiture du directeur. Le soir, Courson ferait presque de la peine, quand il déambule sur les parkings en se demandant s'il perd la boule. Vous êtes bien surmené, monsieur le directeur, lui dit-on, elle est au P2, votre Twingo. Et toute l'équipe de se marrer.

Avant de quitter les lieux, Piccio fait un détour pour saluer le cerveau de l'opération : Coralie, une grande brune qui a une manière bien à elle de rembarrer les compliments – et les gestes d'affection en général. Mariée à Bolchoï depuis vingt-trois ans, ils s'étaient rencontrés chez Daewoo, où tous deux fabriquaient des tubes cathodiques pour les télés. Coralie n'est pas du genre à lutter au sens syndical du terme. Elle n'y croit plus ; ou peut-être n'y a-t-elle jamais cru. Pas question d'attendre un hypothétique Plan de sauvegarde de l'emploi. Les indemnités de licenciement, dans le meilleur des cas, des cacahuètes. Daewoo est dans toutes les mémoires, la bande à Bolchoï ne compte pas laisser les Allemands leur faire le même coup que les Coréens. Non, cette fois ils ont décidé de prendre les choses en main. L'enveloppe de départ, ils vont se la faire eux-mêmes. Le plan, c'est de sortir un maximum de robots avant la liquidation et de les revendre pour se constituer une cagnotte solidaire.

Coralie n'a pas eu l'idée, mais c'est elle qui a trouvé comment s'y prendre. Responsable de l'atelier de réparation, tous les robots en panne passent entre ses mains. Quand, en sortie de chaîne, l'un d'eux dysfonctionne, il lui suffit de le déclarer HS pour qu'il soit décompté du stock. Ensuite, elle n'a plus qu'à remplacer la pièce défectueuse et à le faire sortir de l'usine par un complice extérieur : Piccio.

– Coco, qu'est-ce que t'as pour lundi ?

– Trois d'entrée de gamme, les basiques à deux vitesses. Et un modèle avec le blender.

– Ça part bien les blenders, y en faudrait plus.

– J'essaierai d'en sortir d'autres, mais je promets rien.

Pour entrer chez Rosegrund, Piccio prétend venir déposer un robot en panne et sous garantie. Au poste de garde, on ne lui demande jamais le moindre justificatif et personne ne fouille son véhicule. Trois caméras de surveillance pour tout le site et un seul gardien, rarement le même d'une semaine sur l'autre. Des intérimaires, sans qualifications particulières. Payés au lance-pierre, ils ne font pas de zèle.

Lors de sa première visite, le garde avait levé la barrière sans même sortir de son poste de contrôle, laissant Piccio s'en aller avec plusieurs milliers d'euros de marchandises. Il se souvient d'avoir pensé qu'en cas d'adaptation cinématographique, il serait bon d'imaginer deux ou trois complications afin de rendre toute cette histoire crédible.

La Caserne, c'est le nom de la cité en périphérie de la ville. Des maisons ouvrières collées les unes aux autres, identiques jusque dans la grisaille de leurs façades en béton. Trois pièces étroites, sur deux niveaux. Elles ont été construites au temps des maîtres de forges pour loger la main-d'œuvre locale. Des Italiens, pour la majorité, mais aussi des Polonais, Ukrainiens, Maghrébins, Portugais.

Plus récent, le pavillon de Figuette se trouve tout au fond de la cité, en bordure des jardins. Un crépi saumon, une toiture en tuiles rouges grignotées par la mousse, un grand garage en sous-sol, aux petites lucarnes grillagées. La bâtisse est modeste et sans charme, mais possède un carré de pelouse.

Zoé joue à la dînette sous un mirabellier chétif, Mouche épluche une balle de tennis. Affalé sur une chaise de camping, Figuette lit. Pour l'hygiène, comme il dit. Un chapitre ou deux du dernier tome de *Harry Potter*. Il aime la SF et la fantasy, surtout les histoires où le monde réel communique avec des mondes imaginaires, grâce à des portails magiques.

Sur le coup de midi, la mère Tattaglia arrive avec un tupperware de tortelles à la ricotta et aux blettes.

Cannellons, cappellettes, spaghettes : le rital, c'est un sabir d'italien francisé. On ampute des syllabes, on remplace les *i* et les *a* par des *on* et des *ette*. Quand les parents de Bolchoï étaient arrivés de Pologne, ils ne parlaient pas un mot de français. Dans la cité, rien que des Italiens, alors sa mère avait longtemps pensé que c'était la langue du pays. Quand elle avait commencé à faire les ménages dans les écoles, elle avait réalisé que le parler des institutrices sonnait différemment.

Un festival du Film italien a lieu chaque automne. Toute la bande est bénévole. Nourdine assure le point info et Bolchoï la billetterie. Avec d'autres gars du foot, Figuette et Piccio servent des bières à La Cave, le bar du cinéma. Coralie et Wanda secondent les dernières mammas aux cuisines, ensemble elles préparent la pastachout. Quarante mille spectateurs par édition, ça en fait des kilos de pâtes.

Zoé demande à Nonna de la coiffer. Puoi farmi i capelli ? Quand elles se parlent en italien, Figuette, ça l'épate. Son père rejetait ses origines. Il se faisait appeler Figuette afin de passer pour un bon Français. Son fils a hérité du surnom comme on hérite d'un titre de noblesse.

Si Alfonso Fighetti avait francisé son nom, c'était pour faire comme ses idoles : Ivo Livi, dit Yves Montand, et Michel Colucci, dit Coluche. Platini, le héros de la cité voisine, n'avait pas changé son patronyme, mais tout le monde l'appelait Platoche. Alfonso traitait son fils de sale Macaroni quand il portait le maillot de la Squadra azzurra, pourtant son acteur préféré était Lino Ventura. Il pleurait en cachette devant *Cinema Paradiso*, écoutait en boucle Serge Reggiani, et la seule bande dessinée qu'il ait jamais lue, celle des Gaulois qui bastonnaient les Romains, était l'œuvre d'un certain Uderzo.

Le paternel de Figuette était mineur. Pas le charbon, le minerai de fer. Cette peau de chagrin qui avait fait la richesse de la Lorraine. Boutefeu à la mine de Thil. Quand elle avait fermé, il avait trouvé un poste à celle d'Audun-le-Tiche, avant qu'elle ne ferme à son tour et qu'il ne se mette à boire son chômage. Enfant, Figuette racontait que son père fabriquait des bombes et faisait péter plein de trucs. Partout ailleurs, il serait passé pour un mythomane.

Figuette avait dix-sept ans lorsqu'il l'avait trouvé couché au pied du lit. Tremblant, le regard affolé, son pyjama mouillé. Cinq jours plus tard, il était mort, des métastases dans tout le corps. Le cancer ne l'avait pas rongé, il l'avait exécuté. Je veux plus avoir peur, marmonnait-il sur son lit d'hôpital, j'ai plus la force. T'as la belle vie toi, disait-il à son fils, la vie facile ! Tu peux pas savoir. Pas une seule fois je suis descendu dans le puits sans me demander si j'allais revoir le jour ! Pas un jour de ma vie sans en avoir la chiasse !

La mère Tatta réchauffe les tortelles au micro-ondes.

– Fighetti, perche tou voulais qué zé gardais la bambina ?

– On va boire un coup, avec Piccio et Nourdine.

– Ma c'est lo week-end, tou pourrais rester avec la tua bambina. Déjà qué c'est moi qui la garde tutti i giorni.

– C'est bon, Nonna. Je la récupère demain matin…

– Qui c'est il va s'en occouper d'elle quand zé sorai plou là ? Ma qu'est-ce qué tou crois, qué c'est la Mary Poppins qui va descendre dou ciel ?

Elle parle sec, la mère Tatta, c'est un trait de famille. De sa fenêtre, elle passe ses journées à critiquer les faits et gestes de chacun; on la surnomme l'Œil de Moscou. Quand ses enfants vivaient encore sous son toit, les repas tournaient à l'empoignade: pire qu'une réunion de cellule du Parti.

Son français n'est pas aussi bon que ne l'était celui de son mari. À la mine ou à l'usine, les hommes devaient pratiquer la langue pour communiquer avec les collègues et les contremaîtres. Tandis qu'elle ne s'éloignait jamais de la Caserne.

Un nez joufflu, une dentition amovible et des pantoufles poilues en peau de Muppet. La mère Tatta ne mesure pas plus d'un mètre quarante. Elle se ratatine d'année en année. Mario Poppini raconte que si elle continue à rétrécir, elle pourra négocier un demi-tarif avec les pompes funèbres.

Sa main gauche est morte, plus rien ne bouge en dessous du coude. La découverte de l'électricité par une enfant de quatre ans. Pour éviter que sa main ne pendouille, elle la bande bien serrée, les doigts recroquevillés en forme de crochet. Un outil pratique pour porter ses sacs de commissions.

Quand elle rentre de ses courses, elle n'a qu'un mot en bouche, qu'elle grogne à qui croise sa route : Portougais. Une nouvelle génération s'installe et ça la fait enrager. Elle leur reproche de racheter tous les petits commerces, ainsi que des quartiers entiers. Ils sont bruyants, font même pas l'effort d'apprendre le français. Ils tombent les clôtures des jardins pour vivre entre eux et nous empestent avec leurs sardines au barbecue. C'est pas tout, ironise le père Poppini, ces métèques mangent des enfants ! Ça le rend fou, l'apparition de ce racisme tardif chez sa voisine. T'as la mémoire courte, Tatta. T'as oublié combien d'années il a fallu pour que les Français arrêtent de nous traiter de voleurs et de sacs à poux ? Ils disaient qu'on pourrait jamais s'intégrer. INTERDIT AUX CHIENS ET AUX ITALIENS, qu'on pouvait lire à l'entrée de certains bistrots.

Pour accéder au sous-sol, deux entrées. Côté rue, le garage. Côté jardin, une porte en bois. Au fond à droite, le local de la chaudière. L'espace restant, c'est l'atelier de Figuette. Un établi, des étagères encombrées d'outils et de matériaux : polystyrène, cordages, plâtre, visserie. Il garde tout, ça peut resservir. À l'usine, sur les chantiers, il glane. Fais du vide, s'agaçait Moïra, on a un garage, mais y a même pas la place pour y mettre la bagnole. À chaque fois qu'il va à la déchetterie, il revient avec le coffre plein de trouvailles. C'est fou ce que les gens jettent. Les potes le surnomment Louis la Brocante.

Assis sur un tabouret, il découpe des bandes de

journal. Il les plonge une par une dans un saladier de colle blanche. Pose la première à l'horizontale, la deuxième à la verticale, et ainsi de suite. Ça commence à prendre forme, tout sera prêt à temps.

Courroie qui siffle, pot d'échappement qui pétarade : Piccio arrive de sa tournée chez Rosegrund.

Figuette monte l'accueillir. Ses mains sont pleines de colle, il lui tend l'avant-bras.

– Ouvre le garage, faut qu'on décharge les robots.

– Pas possible, je fais du rangement en bas. Et pis j'ai bougé le stock.

– T'en as fait quoi ?

– J'ai tout mis dans la cabane abandonnée, au fond des jardins.

Une fois les robots en sécurité, ils partagent une bière sur la terrasse. Le dessin animé de Zoé est terminé, elle en réclame un autre. T'as passé la journée devant la télé, joue un peu dehors. Piccio étale le contenu d'un sac de sport dans l'herbe. Des parfums Chanel, Gaultier, Lancôme ; des polos Lacoste, des chemises Ralph Lauren ; des sacs à main Vuitton. L'un d'eux a les coutures de traviole et sa fermeture éclair coince : il l'offre à Zoé.

– Tiens, ma princesse, cadeau.

– Suis pas une princesse.

Elle remplit le Vuitton de cailloux, de bouts de bois et d'un bouquet de pâquerettes, le traîne jusqu'à Mouche et le lui passe autour du cou.

Avec toutes ces frontières, le coin, c'est le paradis de la contrebande. Quatre pays dans un mouchoir de poche : France, Belgique, Luxembourg, Allemagne. Les Pays-Bas ne sont pas loin, mais Piccio ne touche pas à ce trafic. Son truc à lui, c'est les produits tombés du camion. Il se fournit à Anvers. Certains quartiers du port abritent toutes sortes de boutiques, qui ressemblent à n'importe quelles autres boutiques. Difficile de réaliser que tout ça est illégal. Quand l'une d'entre elles est fermée par la brigade anti-contrefaçon, une autre ouvre un peu plus loin. Les rideaux métalliques sont souvent baissés. Des rabatteurs font le guet.

Il lui arrive de lancer des modes, comme la fois où il était tombé sur un lot de Rolex. Achetées entre cinq et dix euros pièce, il les avait revendues entre quarante et soixante-dix euros, à la tête du client. Elles étaient de très bonne facture, pour des contrefaçons. Bolchoï en porte une à son poignet et elle donne toujours l'heure. Aussi bien qu'une vraie, se plaît-il à dire.

Piccio n'a pas de gros besoins et c'est tant mieux, car il n'a jamais su faire les choses autrement qu'en dilettante. Même les dimanches de matchs, quel que soit l'enjeu, il est toujours nonchalant. Le RSA lui permet de remplir le frigo et de contribuer au loyer de sa sœur, qui l'héberge. La contrebande paye l'essence et ses consommations au Spoutnik.

Parfois Figuette l'accompagne. Il y a dix ans de ça, Piccio l'avait emmené dans le quartier des diamantaires. Une enclave tenue par les juifs orthodoxes, alors en passe de se faire déloger par les Indiens. De petites fortunes, en cailloux ou en cash, y circulaient dans des serviettes en cuir aux mains d'hommes qui portaient des chapeaux noirs, de grosses barbes et des papillotes. Comme dans *Rabbi Jacob*, avait raconté Figuette.

C'est également à Anvers qu'il avait vu pour la première fois une femme dans une vitrine. Quand il avait croisé son regard, il avait sursauté. Cette femme, elle était sexy comme les modèles de ces magazines qu'ils s'étaient partagés l'été de leurs douze ans, lorsque, avec Nourdine, ils avaient découvert la branlette. Piccio les enviait. Il avait deux ans de moins et pas un poil. Il s'astiquait tout autant que ses potes, mais rien ne sortait. Ça lui avait valu le sobriquet de Coups-Secs.

À la différence de celles des magazines, cette femme en vitrine affichait cet air que peuvent avoir les caissières de supermarché : un mélange de lassitude et de résignation. Figuette était resté hébété. Il ignorait que ça existait, des femmes à demi nues, dans des vitrines. Elle avait dû le penser intéressé, car elle lui avait fait non de la tête. Un non ferme, qui disait t'as pas les moyens mon garçon, va voir plus loin, tu trouveras des filles à ton budget.

Piccio avait hurlé de rire. Au Spoutnik, il s'était fait un plaisir de raconter comment Figuette avait réussi à se prendre un râteau par une pute.

Dans les premiers temps de leur histoire, ils ne se voyaient jamais ailleurs que chez lui. Ils avaient essayé le cinéma, mais elle avait fait une crise d'angoisse. Elle ne voulait plus mettre les pieds chez Alain. Il était glauque ce bistrot, et c'était louche, cette tendresse que Wanda avait pour Figuette.

Il n'avait plus loupé un seul apéro. Il y avait toujours un carton de vin d'avance, des petits fours et des bougies. Moïra avait besoin de passion. Il s'était promis de la combler, de la traiter en princesse.

Lors de la soirée où elle avait dansé sur Janis Joplin, il s'était passé quelque chose. Ils avaient bu, ri, fumé, fait l'amour. Première fête d'une longue série. Les week-ends suivants, ils l'avaient reconstituée avec le plus de fidélité possible : apéro, pétards, Janis Joplin. L'ivresse aidant, leurs corps s'étaient trouvés. Mais il y avait comme un goût de rediffusion.

Un toxico cherchera toujours à retrouver le flash du premier shoot. Pour ça, il n'aura d'autres choix que d'augmenter les doses ou de varier les flacons. Figuette était convaincu qu'il leur fallait de la nouveauté, alors un jour il lui avait envoyé ce sms :

> Vendredi, soirée guinguette, tu viens comme tu es,
> je m'occupe de tout.

Alain lui avait prêté les guirlandes de la kermesse du Parti. Des ampoules de toutes les couleurs couraient partout dans le studio 54, du sol au plafond. Aux fenêtres, des lampions, comme ceux du 14 Juillet. Sur la table basse, une nappe à carreaux et un bouquet de fleurs des champs assorti, des marguerites et des coquelicots. Une grosse miche de pain, un camembert, du jambon, des cornichons. Et du vin rouge, servi dans des ballons. Pour la musique, une compil YouTube de javas et de valses : *À Joinville-le-Pont*, *La java bleue*, *Ah ! Le petit vin blanc*.

Wanda l'avait accompagné chez H&M. Pour lui, elle avait dégotté des bretelles, une marinière à manches longues et un bandana à nouer autour du cou. Avec la casquette en velours de son père, ce serait parfait. La touche finale, c'était la moustache ; peut-être la trouverait-elle sexy.

Pour Moïra, le choix de Wanda s'était porté sur une petite robe à pois rouge, serrée à la taille par un gros ruban, et un chapeau de paille. Elle avait été un peu gênée de devoir dire à Figuette que même le XS serait encore trop grand, fallait se servir au rayon enfant.

Ferme les yeux.

Il l'avait guidée dans la salle de bains. Quand il lui avait dit d'enfiler la robe, il avait vu que c'était gagné. C'est le plus beau jour de ma vie, disait-elle. Son regard tournait, ses yeux brillaient, allaient d'un accessoire à l'autre.

Au premier temps, ils avaient valsé sur Jacques Brel. Ils avaient repassé la chanson une fois, deux fois, mille fois. Aucun des deux ne savait danser la valse, mais ils avaient battu la mesure, s'étaient offert des détours, comme c'est charmant. Une valse à mille temps, qui avait offert aux amants, trois cent trente-trois fois le temps, de bâtir un roman.

Sa seule objection, la moustache. Tu ressembles à un Mexicain ! Je pourrais jamais coucher avec un moustachu ! Après trois verres, elle s'en foutait royalement.

Déshabille-toi, lui avait-elle ordonné. Couche-toi sur la table basse. Elle avait laissé glisser sa robe. Les cheveux libérés, elle avait traversé la pièce à quatre pattes, avec des feulements qui découvraient ses dents. Mets tes mains derrière ta tête. Ses ongles couraient sur sa peau, s'attardaient sur ses mamelons. Elle mordillait l'intérieur de ses cuisses, son ventre, en remontant en direction de sa bouche. Attrape mes seins. Caresse-moi. Oui, comme ça. Elle se frottait en ronronnant ; se caressait le clitoris avec son gland. T'as vu comme il est gonflé ? Je suis toute mouillée, lui avait-elle dit en écartant bien ses lèvres pour le lui prouver. Des yeux de lionne. Accroupie, en équilibre sur ses pieds, les mains sur son torse. Pince mes tétons. Plus fort. Ils ne se touchaient plus que par leur sexe. Elle le laissait la pénétrer du bout du gland, avant de l'éjecter. Tu me sens bien ? Il devait la supplier, la vouloir plus que tout. T'es à moi. Dis-le. Oui, je suis à toi. Alors qu'il ne s'y attendait plus, elle l'avait englouti. Il avait gémi, s'était retenu de justesse de jouir. Elle s'était recroquevillée sur lui, les cheveux collés par la transpiration. Il respirait son souffle, buvait sa bouche. Mords-moi. Mords-moi ! Les dents plantées dans sa nuque. Elle allait et venait avec fougue quand soudain elle avait plongé son visage dans le cou de Figuette. Quelque chose avait changé dans sa respiration. Elle s'était accélérée, avant de ralentir, jusqu'à l'apnée. Ses dents s'étaient mises à claquer, tout son corps avait frissonné et elle n'avait plus bougé du tout. Le souffle revenu, les larmes avaient giclé.

Elle venait de jouir et c'était la première fois. Pas seulement la première fois avec lui, la première fois. Elle n'aimait pas se toucher ; il avait eu du mal à la croire. C'était pourtant vrai, elle ne se masturbait jamais. Elle avait essayé et n'était arrivée à rien. Elle trouvait l'acte trop triste ; un aveu de solitude. Alors ce soir-là, elle s'était dit que c'était peut-être ça, l'amour.

Désormais, le sexe était une fête. En aucun cas ils ne couchaient juste pour coucher. Plus de petits coups vite fait. Jamais en journée, rarement dans un lit. La musique, le vin, les costumes en étaient les préliminaires. Les fêtes leur permettaient de s'abandonner. Sobre, sa princesse restait sur ses gardes, gardait son t-shirt, grondait ses regards. Sobre, il n'envisageait pas de communion, avait l'impression de se masturber en elle.

Les soirées à thème s'étaient succédé. Figuette était devenu le metteur en scène de leurs bringues. La création de nouveaux univers occupait tout son temps libre. Il prenait des notes, faisait des croquis préparatoires. Il ne s'était plus autant amusé depuis l'enfance. Depuis ces après-midi où, avec ses cousines, ils montaient des cabanes en couvertures. On dirait qu'on était la marchande. Elles adoraient couper des tranches de jambon dans ses fesses et des rondelles dans sa saucisse.

Soirée disco, soirée fais-moi-peur, carnaval de Rio, prohibition, le cow-boy et la petite Indienne. La soirée orientale avait été mémorable. Dans du carton, il avait découpé des portes mauresques et les avait peintes en or et indigo. La mère de Nourdine passait le ramadan au bled. Tu crois que je peux lui emprunter deux trois trucs ? Son ami s'était étonné. Qu'est-ce que tu veux faire avec tout ça ? Rien, pose pas de questions. Un tapis berbère, des coussins en velours rouge à pompons, quelques bibelots et un service à thé. Piccio avait prêté sa chicha et du tabac parfumé à la pomme. Il avait commandé un assortiment de pâtisseries chez les sœurs Oueslati. Sur un plateau, des cornes de gazelle, des makrouts et un tajine de dattes aux amandes.

Il y avait eu la soirée romaine, avec ses colonnades taillées dans du polystyrène, ses couronnes de fleurs et ses toges en draps blancs. Il avait fallu les jeter ces draps : une bataille de nourriture avait éclaté et ils avaient fini par s'asperger de vin rouge. La soirée dans-le-noir, décevante. C'était la tendance à Paris, Figuette l'avait lu dans un article. Occulter la vue était censé réveiller les sens endormis. L'expérience avait été amusante quelques minutes, mais ils s'étaient rapidement lassés d'avoir à chercher à tâtons les cigarettes et la bouteille.

La soirée Tarzan, de loin la plus drôle. Son slip en peau de léopard ! Une jungle de fougères avec des lianes de clématite. Dans un palmier en papier mâché, un régime de vraies bananes, et des torches en bambou : il avait dû repeindre le plafond tant il était couvert de suie. Figuette avait dissimulé des mygales en caoutchouc dans tout l'appartement : Moïra avait hurlé. Pour le dîner, un gigot, présenté comme un cuissot de phacochère. Non, pas Pumbaa ! Il avait confectionné une crinière de lion pour le nouveau venu. Mouche avait quatre mois et pesait déjà vingt-cinq kilos.

Ils avaient dansé, ri, fait l'amour : le Grand Flash.

Figuette avait trop bu et s'était endormi, nu et repu, sur le canapé. Son corps transpirait la plénitude que seul procure le sexe. Moïra n'en avait jamais assez. Elle était affamée de chair, assoiffée d'ivresse. Plus elle s'ébranlait, plus elle s'oubliait. Plus elle s'oubliait, plus elle semblait se trouver.

Elle commençait à bien tenir l'alcool et avait refusé de mettre fin à cet état de grâce. Elle avait continué la fête toute seule. *Horses*, de Patti Smith, avait tourné en boucle. Elle avait encore bu, encore ri, encore dansé. Elle avait enseigné à Mouche à faire le beau, puis à faire le mort. Elle avait poussé la table basse pour faire des roues et s'était entraînée à marcher sur les mains. À un moment, Figuette avait ouvert les yeux et l'avait trouvée penchée sur lui. Tu fais quoi ? Rien, rendors-toi… lui avait-elle chuchoté en l'embrassant dans le cou.

Au lever du jour, *Horses* tournait toujours. Il y avait des cadavres de bouteilles partout dans le salon, ça empestait le tabac, la vinasse et le sexe. Elle était assise en tailleur au fond du canapé, nue sous une chemise à lui, une cigarette à la main. Elle regardait Figuette avec un sourire espiègle. Quand il avait vu les lignes noires sur son bras à lui, il n'avait pas compris.

– Non, frotte pas, je prends des photos avant !

Son autre bras était également couvert d'éclairs, qui se croisaient, se recoupaient, pour former des figures géométriques. Et d'autres encore sur son torse, ses jambes et même ses pieds.

– Qu'est-ce que t'as fait ?

– Va te voir dans le miroir !

Ces motifs parcouraient tout son corps, son dos, ses fesses, ses aisselles et remontaient jusque sur son visage.

– J'ai relié tous tes grains de beauté ! avait-elle dit en sautillant sur place. C'est trop beau, on dirait des constellations… Des constellations de grains de beauté ! Bouge pas, j'en ai oublié un.

Son crayon khôl à la main, elle s'était agenouillée devant lui :

– Le plus beau pour la fin…

Puis elle avait tiré un trait qui partait de son bas-ventre pour aller au bout de sa bite.

Il n'y en aurait jamais d'autre qu'elle. Là, devant ce miroir, il en avait eu la certitude. Ses délires, il ne pouvait envisager de s'en passer. Et tant pis si elle lui en faisait baver. Elle était immature et égoïste. Son refus de l'ordinaire, son inaptitude à vivre le quotidien n'autorisaient pas la moindre faute. C'était le prix à payer pour côtoyer ses exquises folies, les nuages d'où à tout moment il espérait voir jaillir la lumière. Alors l'orage pouvait gronder, il y ferait face. Il serait le paratonnerre de ses colères, la laisserait se décharger sur lui de ces forces sombres qui l'embrasaient avant de la laisser sans défense. Après la tempête, ensemble ils connaîtraient de nouveau le printemps.

Nourdine et Piccio en sont convaincus, dans les bras d'une autre il oubliera vite Moïra. Ce n'est pas chez Alain qu'il fera une rencontre, alors direction le Luxembourg. Nourdine a entendu parler d'un nouveau lounge bar dans le Grund, la vieille ville. Piccio déteste l'endroit d'entrée. Ça pue le fric, la frime et la bougie parfumée. En plus, se plaint-il, c'est même pas bien achalandé. Il s'est fait tout beau pour l'occasion, mais les filles l'envoient bouler comme un vendeur de roses.

Nourdine, lui, se trouve dans son élément. Ça fait tout drôle aux deux autres de le voir claquer des bises à des collègues banquiers aux costards impeccables. Il repère une tablée de trois nanas.

– Tu déconnes, objecte Piccio, elles ont au moins cent ans !

Nourdine va droit à la table des filles et leur lance :

– Ça vous dérange si on s'assoit avec vous ? Il n'y a plus aucune table.

Elles regardent autour d'elles et sourient en constatant que les tables libres ne manquent pas.

Figuette se risque à poser une question à une petite brune. Elle est pompette et parle beaucoup. Piccio boude, refuse d'adresser la parole à la troisième, une grincheuse à lunettes.

Une nouvelle tournée de mojitos et la petite brune se confie à Figuette. C'est sa première sortie depuis une éternité. Le père de ses enfants l'a quittée pour une collègue plus jeune. Ses copines ont décidé de la remettre sur le marché, ce qui leur fait un point commun. Ils en rient, se trouvent bien pathétiques.

Quand le bar ferme, Nourdine leur propose de les suivre en boîte.

À peine arrivé, Figuette tombe sur quatre anciens collègues, disparus des radars depuis la première vague de licenciements l'an passé. Ils se prennent dans les bras, se promettent de se revoir très vite, pour un foot ou un barbecue, et tous y croient.

– Tu devrais venir sur la piste, dit Piccio. C'est Nourdine, il roule des pelles à ta gonzesse.

Figuette tire l'oreille de son pote. Il se décolle enfin de la petite brune et ses copines profitent de l'occasion pour l'évacuer.

– C'est pas ma faute, elle m'a sauté dessus !

Figuette se marre. Pour la première fois depuis des mois, il se sent presque vivant. Il ne sait pas comment bouger sur cette musique. Qu'importe, personne ne fait attention à lui : il pourrait lancer une *Danse des canards*, elle passerait inaperçue.

Comme elles lui paraissent loin ces fêtes avec Moïra. Leurs fous rires, leurs danses absurdes, les chenilles qu'ils faisaient rien qu'à deux, nus ou déguisés, dans le studio 54. Ce soir encore il se couchera seul, réalise-t-il, et toute cette joie retrouvée s'envole. Que fait-elle à cet instant ? Est-elle avec ce rouquin qu'il a vu sur Facebook ? Il déteste l'idée qu'elle continue à exister sans lui. Que d'autres aient droit à ses délires fantasques, à ses sourires canailles. Il redoute que le rouquin la fasse rire mieux que lui, s'amuse de ce petit ronflement de cochon qui fait redoubler son rire. Sans s'en apercevoir, il cesse de danser, le regard dans le vide. La terre ne lui a jamais paru aussi dépeuplée que sur ce dancefloor. Moïra continue à exister sans lui et, dans un élan cruel, il lui souhaite de découvrir ce que ça fait, de se sentir seul et abandonné.

Il s'assied dans les escaliers des toilettes, le nez dans sa bière. La douleur lui casse le cœur : des petits coups secs, comme on brise la coquille d'un œuf à la coque avec le dos de la petite cuillère. La vie lui a collé de sacrées branlées, mais il n'a jamais été à ce point anéanti.

Figuette se serre contre le garde-corps pour laisser passer un groupe de filles. L'une d'elles se penche sur lui.

– Laisse tomber, dit l'une de ses copines, il est complètement bourré.

– Non, c'est pas ça. Il a l'air tellement triste, dit-elle à voix basse. Pourquoi t'es si triste ?

– J'ai le cœur brisé.

– Oh ! Je suis pas d'accord.

– Pardon ?

– Ça se brise pas un cœur. Ça saigne, ça se tord, ça hurle, ça prend des gnons, mais ça se brise pas.

Elle se redresse, lui tend la main. Elle le guide sur la piste, puis se met à danser avec grâce. Figuette se sent raide et empoté. Il n'ose pas la regarder. Elle s'en aperçoit et ferme ses yeux. Vas-y, regarde-moi, n'aie pas peur. Elle les ouvre à nouveau, les plonge dans les siens et cette fois il ne cherche plus à détourner le regard. Quand elle sourit, ça lui fait des frissons dans la nuque. Quand elle souffle dans son cou, ses poils se dressent sur ses bras. Ils se frôlent. D'abord les épaules, les mains, les doigts. Ses cheveux cajolent son visage, distillent des effluves de vanille et de fleurs. Leurs joues s'effleurent : une fois, deux fois, cinq fois. Et enfin leurs lèvres se rencontrent. Il n'a jamais été embrassé de cette manière. Des baisers du bout des lèvres, d'innocentes caresses, comme on picore le front d'un bébé. Elle lui perfuse une douce énergie. Il flotte dans une bulle de compassion, une éternité de vibrations positives. Plus rien n'existe autour de lui. Jusqu'à ce qu'une présence s'introduise dans leur bulle.

Piccio se tient à vingt centimètres d'eux, droit comme un piquet de corner. Il n'a pas le moins du monde conscience de gêner. La fille jette un dernier regard plein de tendresse à Figuette, et disparaît dans la foule.

– C'est qui ?

– Je sais pas moi, j'ai rien demandé.

– Mais tu lui as bien dit quelque chose ?

– Je lui ai juste dit…

– Quoi ?!

– Que j'ai le cœur brisé.

– C'est tout ? Tu lui as dit ça et elle t'a roulé des pelles ?!

Ce sésame en main, Piccio entreprend de faire le tour de la boîte. Il se pose à côté de toutes les filles en tirant une tronche de chien battu. J'ai le cœur brisé ! leur crie-t-il à l'oreille. Nourdine et Figuette se bidonnent. Une seule accepte de se faire payer un coup. Elle commande un verre d'eau et c'est le drame. Outré, Piccio l'abandonne sur place. Un verre d'eau ! Un verre d'eau ! répète-t-il. Vous vous rendez compte, je lui paye un coup et elle commande un verre d'eau !

Au petit jour, affamés, ils s'arrêtent manger un kebab.

– C'est toi qui rinces ou je dis tout à ta femme, dit Piccio à Nourdine, dans ses petits souliers depuis son baiser.

– Pas besoin de balancer, je vais tout lui dire.

Et il a tenu parole. Il s'est fait souffler dans les bronches, mais après quelques jours c'était de l'histoire ancienne. Rien de plus qu'une bêtise de couillon, que Karima ressort pour le taquiner ou obtenir qu'il vide le lave-vaisselle.

Comment aurait réagi Moïra ? Figuette a envisagé plusieurs scénarios, mais dans chacun il finissait trucidé. À aucun moment il ne s'est dit qu'il aimerait avoir une femme comme Karima. Non, lui ce qu'il aime, c'est les chieuses, les passionnées, les folles furieuses. Définitivement. Mais pas n'importe quelle chieuse, une en particulier. Une seule et de toute éternité.

La première fois que Moïra avait passé toute une semaine chez lui, ça avait été un désastre. Elle avait accepté de se joindre à la bande pour arroser la naissance du deuxième fils de Nourdine. Devant le bébé, elle n'avait même pas fait semblant de s'attendrir. Pourquoi tout le monde se réjouissait autant ? Karima et Nourdine se plaignaient toujours. Ils n'avaient plus de temps pour eux, avaient tiré un trait sur les grasses matinées et les siestes crapuleuses. Et voilà que leur premier n'était même pas encore propre qu'ils remettaient ça. Les gens sont illogiques, disait-elle, imprévisibles, irresponsables dans leurs choix et donc seuls responsables de leur vie de cons. Nourdine avait été ému aux larmes en leur présentant le bébé. Pourtant, combien de fois était-il venu geindre chez Figuette ? Il adorait son gosse, mais regrettait sa vie d'avant. Il leur avait raconté comment le petit s'était mis à pleurer pendant qu'il faisait l'amour à sa femme. Il avait dû s'interrompre pour le changer, et après il n'avait plus réussi à bander. Il avait en tête l'image de la couche pleine de merde et ça l'avait bloqué.

Le lendemain matin, le temps était à l'orage. Moïra grondait et Figuette se sentait responsable. Ils n'avaient pas fait la fête et il savait combien elle en avait besoin pour se décharger de son trop-plein de colère. Elle allait devoir s'en défaire autrement et la foudre s'abat toujours sur l'arbre le plus proche. Pour parer le tonnerre, il lui avait proposé de faire la fête, là, tout de suite. Une cuite de jour ? C'est marrant, j'aime bien les cuites de jour, on a encore plus vite la sensation d'être bourré. Elle avait refusé. C'était un truc de poivrot.

Elle ne tenait pas en place, tout l'ulcérait, même le souffle régulier du chiot assoupi dans son panier. Elle se tenait le ventre, grimaçait en le massant.

– Tu veux un Doliprane ? Une tisane ?

– Je veux juste que tu me foutes la paix !

Sa tête des mauvais jours : un double ingrat d'elle-même, reflet juste assez déformant pour avertir du danger. Comme ces plantes toxiques qui arborent des signaux alarmants pour prévenir de ne pas s'y frotter. Et Figuette avait appris à les reconnaître, ces signaux. Les mauvais jours, il la trouvait moche. Le reste du temps, elle était tellement belle qu'il avait du mal à croire à cette laideur circonstancielle.

Tenir jusqu'à l'heure de l'apéro. Il ouvrirait une bouteille de vin, mettrait de la musique, allumerait des bougies. Ils s'enivreraient, danseraient et feraient l'amour. Il comptait cette fois encore sur le Grand Flash pour dompter la foudre.

Pour lui faire la surprise, il lui avait demandé si elle voulait bien sortir Mouche.

– Toi, t'as qu'à le sortir. C'est ton chien, pas le mien.

– T'es sûre que tu veux pas ? Ça te ferait du bien de prendre l'air…

– Ce qui me ferait du bien, c'est que toi, tu me fasses de l'air. Tu m'étouffes !

– T'énerve pas.

– Tu comprends vraiment rien à rien ! Tu vois pas que je me retiens depuis ce matin ?

– Tu te retiens de quoi ?

– D'aller aux toilettes ! J'ai besoin d'aller aux toilettes !

– Ben vas-y. C'est quoi le problème ?

– Comment tu veux que j'y aille si t'es juste à côté ?! Avec les bruits et tout... Je peux pas si t'es dans l'appartement.

– Fallait le dire. Je sais pas moi, j'aurais pu mettre de la musique...

– Pas question ! J'irai jamais aux toilettes avec toi juste à côté. Ça serait le début de la fin.

Figuette avait attrapé la laisse de Mouche. Ils s'étaient promenés dans le parc, avaient fait plusieurs fois le tour des blocs. En rentrant, il l'avait trouvée sur le canapé, les mains sur le ventre, la tête entre ses genoux.

– Ça va pas mieux ?

– Non ça va pas mieux. Et c'est de ta faute. Je me suis trop retenue, maintenant j'y arriverai plus. J'ai mal j'ai mal j'ai mal !

Elle pleurait. À l'en croire, c'était très grave, sûrement une occlusion intestinale.

Le soir, ils s'étaient couchés sans se déshabiller. Elle souffrait trop pour dormir et lui devait rester éveillé par solidarité. Quand il piquait du nez, elle redoublait d'agressivité. Je vais te faire la misère, disait-elle en serrant les dents. Je vais peut-être devoir aller à l'hôpital et toi, tu dors ? Je vais te faire la misère.

Ils n'avaient pas fermé l'œil de la nuit. À la première heure, Figuette avait sorti Mouche. Le chien avait fait une crotte nauséabonde devant l'entrée de l'immeuble, sans aucune gêne, en regardant son maître droit dans les yeux. Et une fois le besoin assouvi, il avait gratté le sol avec ses pattes arrière, reniflé sa production, avant de la célébrer dans une course folle, un sprint euphorique digne d'un footballeur venant de marquer un but. C'est pourtant pas compliqué, s'était dit Figuette, y a que les humains pour faire tant de chichis.

Il était rentré deux heures plus tard. Elle n'y était toujours pas parvenue et l'enfer avait recommencé. Il lui avait conseillé de rentrer chez ses grands-parents.

– Pas question. Y a personne chez moi. Tu sais bien qu'ils ne rentrent pas avant dimanche.

– Ben tant mieux, tu voulais de l'air. Ça te fera du bien de te retrouver un peu seule.

– Je peux pas. Avec le bois juste derrière la maison, j'aurais trop peur le soir, avait-elle bredouillé.

Il n'en revenait pas : la terreur qui lui avait fait la misère toute la nuit avait peur du noir.

– Tu vas pas me dire que t'as jamais dormi seule chez toi ?

– Non-j'ai-jamais-dormi-seule-chez-moi !

Elle l'avait dit en prenant l'intonation d'une attardée. Elle aurait ajouté un c'est-celui-qui-dit-qui-est, ça n'aurait pas été plus ridicule. Toute sa puérilité venait de sauter au visage de Figuette. Comment avait-il pu être aveugle à ce point ? Sa princesse n'était pas juste un peu immature : Moïra était une enfant.

L'été, les potes délaissent le Spoutnik pour se retrouver derrière chez Figuette. Un portail rouillé donne sur les anciens jardins ouvriers. Une bande de terre d'environ deux cents mètres de long, divisée en une quinzaine de potagers clôturés par du grillage à poules, et bordée par un ruisseau. Des cabanes bricolées avec des matériaux de récupération : vitres, panneaux de contreplaqué, tôle ondulée. À l'époque, l'usine mettait des jardins à la disposition des ouvriers pour leur donner la possibilité d'user *utilement* de leur temps de loisir. Utilement, dans la tête des patrons, ça voulait dire ailleurs qu'au bistrot.

Mario Poppini en cultive toujours un, la mère

Tatta aussi. Celui qui aurait dû revenir à Figuette, il l'a laissé à Nourdine, car il n'a jamais eu le goût du jardinage.

Accroupi, le sourire aux lèvres, Nourdine ramasse des radis. Enfant, on lui reprochait d'avoir un regard de sheitan. Et il n'aimait pas ça. Il refusait l'idée qu'il puisse intimider les autres. Alors il s'était mis à sourire pour compenser. Désormais, peu importe son humeur, peu importe qu'on lui cherche des noises, il sourit.

Karima et Nourdine ont fait construire une maison à l'entrée de Thil, la commune voisine. Toute moderne, un toit plat et de grandes ouvertures. Avec leurs salaires luxembourgeois, ils n'ont pas regardé à la dépense. Leur terrain se trouve sur la friche des anciennes usines d'Auberive. La mairie leur a fait signer une décharge, car le sol y est pollué en profondeur : gaz radon, métaux lourds. Interdiction totale d'y faire pousser des légumes.

De l'autre côté de la route, le crassier de Sainte-Claire. Une butte artificielle élevée avec les scories de l'ancienne fonderie. Gamins, avec Piccio et Figuette, ils en avaient exploré les moindres recoins.

Avant que la végétation ne lui donne une allure naturelle, le crassier offrait un paysage lunaire : une sorte de dune du Pilat toute noire. En primaire, à la faveur d'un jumelage avec la commune de Saint-Pierre-d'Aurillac, ils s'étaient rendus en Gironde. Quand ils avaient découvert la vraie dune du Pilat, ce n'était pas tant son gigantisme qui les avait étonnés, que son sable clair. Il est bien propre, ce crassier, avait dit Figuette à son institutrice.

Bolchoï et Piccio arrivent avec un pack de bières et des merguez. Devant la cabane de Nourdine, ils font cuire des patates dans la braise, assis sur des cagettes. Bolchoï va se chercher une chaise chez Figuette. À cause de mon dos. À cause de ton ventre, balance le père Poppini depuis le jardin voisin, sans quitter des yeux ses tomates. Énormes, ses tomates, si rouges.

– Pop, comment tu fais pour avoir un si beau potager ? lui avait demandé Nourdine quand il avait commencé le sien.

– Je te le dis, camarade, mais tu le gardes pour toi. Le crottin de chevreuil, c'est ça le secret.

Depuis, tous les dimanches, Nourdine se rend dans les bois pour ramasser des kilos de crottes. Ses tomates ne poussent pas mieux et Pop se gondole. Pour faire jalouser les voisins, l'ancien achète au supermarché les plus beaux légumes et les accroche dans son potager. Vingt ans que ça dure. La mère Tatta s'était vantée d'avoir les plus beaux oignons. En faisant son marché, il était tombé sur une variété grosse comme des pamplemousses. Il les avait enterrés pendant la nuit et le lendemain matin : guarda Tatta, mes cipolle ! Je comprends pas, ça doit être le nuage de Tchernobyl.

Le père Tatta savait, mais il n'avait jamais vendu la mèche à sa femme. Ses derniers mots avaient été pour Pop. Adieu camarade, on se sera bien amusés. Inséparables, ces deux-là. Ils n'en rataient jamais une. Lors des réveillons de Noël, ils avaient coutume de monter des commandos en embrigadant leurs enfants, puis leurs petits-enfants. Ils se rendaient méconnaissables avec des cagoules et du noir de bouchon. Et quand les dernières lumières s'éteignaient dans la cité, ils faisaient tout péter. Des pétards Mammouth et des Mitraillette, coincés dans les volets en fer des cathos. Un boucan de tous les diables. Ils couraient vite se poiler dans les caves ou derrière les garages. Les culs bénis sortaient dans la rue en pyjama, furibards. Une fois, ils avaient bien failli se faire choper par le père Sabatini. Un dingue, ce Sicilien, il terrorisait tout le monde. Il était tellement hors de lui qu'il avait démoli sa propre porte à coups de hache.

Sa dernière année, Tatta l'avait passée à l'hôpital : dialyse, chimio, rayons. J'ai pris la formule complète, blaguait-il, all inclusive. Sur sa mobylette, par tous les temps, Pop faisait chaque jour les vingt kilomètres qui le séparaient du CHU. Piccio venait de se faire tatouer un portrait du Che. Picciolini, mène-moi chez ton tatoueur, avait ordonné Pop. L'ancien avait arrêté son choix sur un gros scorpion. Pop, déconne pas, je vais me faire tuer par ta femme. Après négociations, il avait opté pour un trèfle à quatre feuilles, sur l'avant-bras.

Tatta l'avait dévisagé, l'air de s'interroger sur sa santé mentale. Jusqu'où son pote était prêt à aller pour la blague ? Dès lors, Pop n'avait plus porté que des manches courtes. Il paradait dans la cité, mettait son tatouage sous le nez des infirmières, le frottait fort pour prouver que ce n'était pas un faux.

Wanda a préparé des aubergines à la parmigiana. Les garçons, faut leur faire manger des légumes, dit-elle. Si on les laissait faire, ils ne se nourriraient que de pâtes et de pizzas.

Figuette enlève ses baskets, ses chaussettes de tennis sont pleines de trous.

– C'est quoi ces socquettes de sporcaccione ? se désole Wanda. Tu vas me faire le plaisir de me laisser les repriser.

– C'est bon, ma chérie, dit Alain, laisse le Poète tranquille, c'est un grand garçon.

Figuette cache ses pieds dans l'herbe et Piccio annonce avoir de nouvelles commandes de robots : deux pâtissiers et un Cuisilux.

– On a quoi en stock ?

– Les pâtissiers sont tous réservés, répond Figuette. Mais Coco prépare une grosse cargaison pour vendredi.

– Un Cuisilux ? se réjouit Bolchoï. C'est bon ça. À 600 balles l'unité, ça fait vite grimper la cagnotte.

Les robots se vendent comme des petits pains. Au fil des mois, la modeste action de résistance est devenue une véritable petite entreprise. Les clients font leur choix dans un catalogue. Il y en a pour tous les goûts, pour toutes les bourses. Piccio se charge de les écouler. Ces engins savent tout faire, vante-t-il. Vous avez juste à y mettre les ingrédients et quand vous revenez après l'apéro, vous trouvez un plat trois étoiles tout chaud. Si cette machine avait des roploplos, je la demanderais en mariage ! En confiance, Coralie pousse jusqu'à fournir de fausses factures et de vrais coupons de garantie. Un roulement a été instauré car les visites de Piccio risquaient de devenir suspectes. Alain a repris la tournée du lundi et Nourdine se charge de celle du vendredi, en alternance avec Wanda.

– On dirait que ça roule, votre affaire, dit Pop.

– On a pas à se plaindre, répond Bolchoï, la caisse solidaire commence à avoir de la gueule. On devrait pouvoir filer une petite alloc à chacun des salariés.

– Si c'est pas malheureux d'en arriver là. De mon temps, on aurait jamais fait ça.

– Fait quoi, Pop ? Sortir du matos des usines ? Me fais pas rire, tu l'as construite avec quoi ta baraque ? Comment vous appeliez ça ? La bricole, non ?

– Tout le monde bricolait, dit Pop, même les patrons. Ils trouvaient ça normal de nous faire faire des travaux dans leur maison ou réparer la bagnole de leur bonne femme. Pendant les heures de boulot et avec les matériaux de l'usine, en plus. Alors deux trois bricoles à l'occasion, c'était rien qu'un réajustement de salaire.

– Ben voilà, dit Bolchoï, ce qu'on fait, c'est rien qu'un réajustement de salaire.

– Oh tu me casses les roubignoles, le Polack. Tu sais bien que je vous juge pas sur ça. Non, là je parle de lutte. Nous, c'était pas seulement pour notre travail qu'on se battait, mais pour notre dignité.

– Moi, ma dignité, c'est de faire manger mes gosses.

– Si y a pas de bagarres, les patrons sauront jamais les batailles qu'ils ont perdues.

– Ça vous a rapporté quoi de casser du CRS ? Rien, moi je te le dis. À part d'avoir toujours le mauvais rôle. Et puis déjà de ton temps, vous aviez fini par comprendre qu'il y a mieux pour faire parler de la cause.

– Comme avec la Coupe de France, dit Alain.

Au matin du 9 août 1979, l'affaire faisait la une de tous les journaux. Durant la nuit, quelqu'un s'était introduit dans les locaux du Football Club de Nantes et y avait volé la légendaire coupe. Les médias avaient reçu une photo sur laquelle quatre hommes, masqués comme des Corses, brandissaient le trophée. La France entière s'était passionnée pour cette histoire. Le samedi suivant, la coupe avait fait sa réapparition là où on l'attendait le moins, sur le marché de Longwy. On se la passait de main en main, tout le monde voulait se faire photographier avec elle. Au lieu des habituelles manifs et grèves, un petit groupe avait décidé d'organiser une action coup de poing. Dans le

Pays-Haut, c'était un triomphe, soutenu par tous. Pour les médias, même si les syndicalistes avaient restitué la coupe, ça restait un délit condamnable.

– Trop forts, les anciens, dit Piccio. Mais mon histoire préférée, c'est de loin le kidnapping de Johnny Hallyday. Pop, tu nous la racontes ?

– Mais je vous l'ai déjà racontée mille fois !

– Oui, dit Figuette, mais on veut l'entendre !

– OK OK. Tout d'abord, faut dire que c'était pas un vrai kidnapping. C'est encore ces foutus journaleux qui avaient tourné le truc à leur sauce. Séquestration, qu'ils avaient même titré. On était toujours en 79. L'idole des jeunes donnait un concert pas loin, à Metz. On devait être une bonne centaine quand on avait débarqué dans son hôtel.

– Et alors ? demande Figuette avec des étoiles plein les yeux. Il s'est passé quoi ?

– On lui a dit qu'on avait besoin d'un coup de main pour faire parler de la fermeture des usines. Il a essayé de se débiner, faut dire qu'on lui avait foutu la trouille à cogner à sa chambre au milieu de la nuit. Mais il a fini par nous suivre. On lui a fait la visite guidée de l'usine et on aurait dit qu'il découvrait une autre planète. Faut bien comprendre, les jeunes, je vous parle pas d'une petite boîte comme la vôtre. À l'époque, juste chez Usinor, c'était 6 000 licenciements. Et plusieurs dizaines de milliers sur tout le bassin !

– Bande de frâlés, rigole Nourdine. On est vraiment des rigolos à côté de vous.

– Je dois encore avoir des coupures de presse quelque part, dit Alain. On y voit le Johnny qui porte un casque de chantier.

– Il n'en menait pas large devant la fonte en fusion et les lingots de six tonnes, reprend Pop. Vous savez ce qu'il a déclaré à la presse ? Qu'il avait vu l'enfer ! Même qu'il se demandait comment des gens pouvaient travailler dans ces conditions.

Wanda sort un kleenex de sa manche et mouche Zoé.

– Regardez-moi ce nez plein de schnoudelle… Figuette, t'as vu l'heure ? Tu devrais pas la coucher ?

– Voyez ça, dit Pop, le Capitaine Crochet fait sa ronde de nuit.

En robe de chambre, des bigoudis plein la tête, la mère Tatta avance le long du ruisseau en s'éclairant avec une lampe de poche. À son crochet de doigts pendouille un seau d'épluchures de patates, qu'elle vide sur un tas de compost.

– Ça va encore barder, soupire Figuette.

Sans un mot, la mère Tatta lance à l'assemblée un regard noir, attrape la main de Zoé et la conduit à l'intérieur.

– Nonna, puoi raccontarmi una storia ?

Pendant qu'elle couche la gamine, Figuette attend dans la cuisine.

– Dites-moi, Nonna, vous avez des nouvelles de Moïra ? Elle répond toujours pas au téléphone.

– Fighetti, c'est pas la peine dé mé démander toutes les jours. Laisse-loui lé temps.

Lui laisser du temps, je ne fais que ça. Ça lui coûterait quoi de me donner des nouvelles, se dit-il. Elles sont en contact, je le sais. La vieille pourrait au moins me dire si elle va bien.

L'été de ses dix-sept ans, Moïra s'était mise à se goinfrer de littérature et c'était à cause de Leonardo DiCaprio. Elle était tombée sous son charme à l'occasion d'une rediffusion de *Titanic*. La romance tragique l'avait chavirée. Elle avait pleuré toutes les larmes de son corps, et salement insulté cette quiche de Rose : tu vas pas le laisser crever comme ça, fais-lui une place !

Pour le ressusciter, elle s'était envoyé tous ses films. Trop beau, *Roméo + Juliette*, sauf que les dialogues c'était n'importe quoi : chelous, ces mecs qui parlent comme Marie-Antoinette. Elle l'avait revu trois fois et avait fini par la trouver magnifique, cette langue.

Elle avait emprunté le texte à la bibliothèque. Les mots font jaillir des tableaux dans ma tête, plus fort que n'importe quel film, disait-elle. Et les sentiments… les trucs de fou qu'il arrive à exprimer, Shakespeare, c'est comme si j'en avais déjà ressenti certains, mais que j'arrivais pas à les expliquer aux autres. T'imagines si on savait dire tout ce qu'on ressent ?

Figuette était partagé. D'un côté, il était heureux qu'elle se passionne pour quelque chose qui canalisait ses humeurs ; d'un autre, il en avait plein le fion du blondinet maigrichon.

Le film suivant, *Rimbaud Verlaine*. DiCaprio y roulait des pelles à un vieux barbu. OK, pourquoi pas. Elle s'était empressée d'acheter les œuvres complètes du poète aux semelles de vent. Magiques, ses premiers poèmes. Par la suite, ça devenait du chinois. Soit elle était trop stupide pour comprendre, soit Rimbaud avait perdu la boule. Qu'importe, ce cœur fou qui robinsonne lui avait laissé un sourire béat au coin des lèvres. Elle avait enchaîné avec un bouquin sur sa liaison avec Verlaine. L'affaire de Bruxelles lui avait troué le cœur comme si c'était elle qui l'avait pris, ce coup de pistolet.

Quand elle lisait, c'était tout un spectacle de mime. Les émotions prenaient vie sur son visage, ses pupilles se dilataient. C'est trop con, si j'avais eu un prof qui m'avait fait kiffer les bouquins, j'aurais fait autre chose qu'un BEP sanitaire et social.

Un soir, un documentaire sur Modigliani, et le peintre italien avait aussitôt éclipsé DiCaprio. Sa romance avec Jeanne Hébuterne l'avait chamboulée. Tu trouves pas que je lui ressemble ? Ses grands yeux, ses longs cheveux noirs, sa bouche boudeuse... Moïra était devenue incollable, connaissait la moindre anecdote de ce qu'elle qualifiait de plus belle histoire d'amour de tous les temps.

Elle avait fait attendre Figuette dans la voiture, sur le parking de Cultura. Vingt minutes plus tard, elle était venue lui demander un peu de liquide. Tracasse pas, c'est un investissement.

Elle lui avait collé dans les mains une palette de peinture et un pinceau en poil de martre. À sa droite, des flacons de siccatif et de vernis. Il ignorait comment s'en servir. Devant le chevalet, il avait ressenti un grand moment de solitude.

Pendant qu'il cherchait un moyen de se sortir de là, elle s'excitait à refaire la déco de l'appartement. Partout, des reproductions de tableaux commandées sur eBay : *Le Baiser* de Klimt, *La Nuit étoilée* de Van Gogh, un portrait de Jeanne par Modigliani.

Elle l'encourageait. T'inquiète pas, l'inspiration va venir. Il allait devenir un grand artiste, et elle, sa muse. Comment douter de son talent, avec tous ces décors de soirées qu'il lui créait ?

Le bon dans cette histoire, c'est qu'elle était aux petits soins pour lui. Elle faisait la cuisine et lui caressait même les cheveux.

Pour se faire pardonner son manque d'adresse au pinceau, il lui avait organisé une soirée bohème. À la manière des artistes de la Belle Époque, ils avaient cherché l'inspiration dans le haschich. La fumette la rendait parfois parano et elle avait fait une crise d'angoisse. Elle s'était identifiée à Jeanne Hébuterne au point de s'être mis en tête que Figuette allait mourir jeune, comme Modigliani.

Elle suffoquait, sanglotait, affirmait que s'il lui arrivait malheur, elle se jetterait par la fenêtre, comme Jeanne. Il s'était moqué, alors elle avait couru droit au balcon. Il l'avait attrapée par la taille au moment où elle enjambait le garde-corps.

– T'es folle ou quoi ?!

– Je l'aurais pas fait, c'était juste pour te prouver que j'en suis cap.

Il n'avait pas assez de talent pour mourir jeune, lui avait-il dit. Et puis quelle idée de prendre Jeanne pour modèle, en se suicidant elle avait abandonné leur fille et tué le bébé qu'elle portait dans son ventre.

Personne ne touche à Jeanne. Elle lui avait collé une gifle. De celles qui chauffent la joue.

Avant de claquer la porte, elle lui avait lancé :

– Regarde-moi bien, parce que c'est la dernière fois que tu me vois.

Quand Figuette rentre de l'usine, il passe prendre Zoé et Mouche chez la mère Tatta, les installe devant un dessin animé, puis il s'isole au sous-sol. Il découpe, ponce, vernit, peint. L'intention, c'est de se vider la tête. Mais s'activer lui fait l'effet inverse. Loin de s'apaiser, ses pensées sautent dans tous les sens : des singes fous. Quand il en chasse une, une autre prend aussitôt sa place. Elles tournent, reviennent encore et encore, comme une horloge qui donnerait la même heure plusieurs fois par jour. Toujours pas de nouvelles de sa femme. Elle ne met plus rien sur Facebook. Pour la faire réagir, il poste tout un tas de photos : Zoé qui fait du poney sur Mouche ; Zoé qui mange de la terre ; Zoé maquillée lors de la dernière journée de classe. Mais rien, ni likes, ni commentaires. Pourtant, elle se connecte tous les jours. Qu'est-ce que ça veut dire ? S'est-elle de nouveau éteinte ? Ou au contraire, sa nouvelle vie est-elle si géniale qu'elle a définitivement tiré un trait sur eux ? Plus aucun signe depuis bientôt cinq mois. Et autant qu'elle ne participe plus aux charges de la maison. Il n'ose plus ouvrir la boîte aux lettres, elle déborde de factures et de recommandés. Quant au répondeur, sur le dernier message, son banquier lui ordonnait de passer de toute urgence. Elle est loin l'époque où il attendait le 25 du mois pour être à découvert. Combien de temps les Allemands vont-ils encore verser les salaires ? La fermeture ne fait plus aucun doute. La direction distille les informations au compte-gouttes, évite de donner des échéances pour ne pas que tout s'embrase, mais personne n'est dupe. S'ils annonçaient un plan social, une date, des chiffres et tout le tremblement, ce serait la bagarre assurée. Alors ils laissent pisser pour préparer les ouvriers, histoire qu'ils ne fassent pas trop de remous quand ça tombera. La semaine dernière, le syndicat a cherché à faire voter la grève générale. Les délégués ont sorti tout l'attirail : banderoles et pneus qui brûlent.

– Vous faites caguer, leur avait dit Figuette en montrant la colonne de fumée noire, vous enfumez tout le dépôt. Vous pouvez me dire à quoi ça sert ?

– C'est pour attirer l'attention sur notre combat ! lui avait répondu Rigot, un délégué aussi buté que prévisible.

– C'est quoi l'idée, faire des signaux de fumée ? Tu te prends pour un Sioux ?

– Marre-toi, gamin, n'empêche que ce matin un élu est passé. Et il a dit qu'il était de notre côté, qu'il nous lâcherait pas.

– Parce que t'as déjà vu un politique dire le contraire ?

– Tu te foutrais pas un peu de ma schness, par hasard ? Tu cherches quoi, à me ridiculiser ?

– T'y arrives très bien tout seul, avait balancé Bolchoï.

Un casque de chantier avait volé, Bolchoï l'avait reçu dans le genou. Le rouge lui était monté. Il s'était frappé le torse avec les poings et avait lancé : Il est pas né celui qui branlera cette carcasse ! Puis il avait chargé Rigot la tête la première : coup de boule dans le bide. Ils avaient chuté ensemble et continué à se bagarrer au sol. Un grand sec avait pris Figuette pour cible, en le tenant à distance par des coups de pied à hauteur des parties. Figuette reculait en esquivant. Les poings dressés, il guettait une ouverture pour riposter. Pendant ce temps, les frères Ronzi attrapaient des pneus enflammés et les balançaient en direction des syndicalistes. Figuette avait fini par choper le grand au cou et le maintenait par une clé de bras, quand tous deux avaient été projetés sur le bitume. Un puissant jet d'eau, qui dans la foulée avait éteint le feu de pneus et séparé tout le monde. Trempés, ahuris, tous fixaient Coralie, qui les tenait en respect avec une lance à incendie.

– Bande de morveux, c'est quoi ce caillon ? On est tous dans la même galère, bordel à cul de merde ! Vous voyez pas que vous faites le jeu des patrons, à vous battre entre vous ?

– Mais ma Coco, avait dit Bolchoï, c'est pas nous. C'est lui qui a commencé…

– Oh toi, ça va ! On réglera ça à la maison. On va se causer, mon petit gars. Tu perds rien pour attendre.

Coralie et le reste de la bande avaient fait campagne contre la grève et le vote était allé en leur faveur.

– Si on m'avait dit qu'un jour je m'opposerais à une grève, avait lancé Bolchoï.

– Culpabilise pas, lui avait répondu sa femme. Pour l'instant, on a besoin que l'usine tourne. Si la production est à l'arrêt, notre plan l'est aussi.

– Je sais bien, mais t'as vu comment les autres nous regardent ? Comme des vendus… Des vendus ! Alors qu'on prend des risques pour eux depuis des mois ! Tu sais ce que j'ai entendu l'autre jour en salle de repos : la troupe du Bolchoï, c'est rien que des couilles molles…

– Leur en veut pas, ils peuvent pas savoir. Quand l'usine aura fermé et que leurs petites protestations auront servi à rien, ils seront bien contents qu'on leur file leur enveloppe.

– Et si jamais ils la refusaient, cette enveloppe ? Imagine qu'ils comprennent pas ?

– Eh ben tant mieux, ça en fera plus pour nous !

– Coco, t'es vraiment con quand tu t'y mets.

Penché sur son établi, Figuette a l'air content de lui.

Des voix à l'étage. Il tend l'oreille : sûrement la télé. Il reprend son ouvrage et un instant plus tard la porte en haut des escaliers s'ouvre. La grosse voix de Bolchoï :

– Oh, le Poète ! Qu'est-ce que tu margoules là-dessous ?

Figuette le rejoint dans la cuisine. Il lui explique que sa chaudière est en rade.

– Et t'y fais quoi à cette chaudière, tu la répares ou tu la peinturlures ? dit-il en touchant du doigt la gouache toute fraîche sur le pull de Figuette.

Bolchoï est venu récupérer le marteau-piqueur et le nécessaire pour carreler.

– Les outils sont en bas. Bouge pas, je vais les chercher.

– Attends, je vais t'aider.

– Non, je m'en occupe j'te dis.

– Déconne pas, tu vas te casser le dos tout seul.

– Rompapal ! Je t'ai dit d'attendre là !

Et il descend en claquant la porte. Il remonte le marteau-piqueur, puis fait deux autres voyages pour le reste des outils.

– T'es sûr que ça va, toi ? lui demande Bolchoï.

– Excuse, je suis un peu à cran.

– Tu veux en parler ?

– Y a rien à dire.

En réchauffant des coquillettes pour Zoé, Figuette cogite. Et s'il empruntait du fric à sa mère ? Pas grand-chose, juste pour les vacances. Son mari a les moyens, ce serait une broutille pour eux. Mais il rejette aussitôt cette idée. Son mari, il le connaît à peine. Sa mère, une planche pourrie.

Elle est sortie de sa vie et il préfère se dire que c'est d'un commun accord. Comme lorsqu'on se fait larguer et que pour sauver les apparences, on prétexte une décision mutuelle.

Sa mère avait quitté son père quand Figuette était entré au collège. Elle s'était d'abord contentée de traverser la rue, au milieu d'une nuit de fureur, pour se réfugier chez une voisine.

C'était une Italienne de la deuxième génération. À seize ans, elle avait commencé à travailler dans une faïencerie, au contrôle des porcelaines. Son job consistait à faire glisser des tasses et des assiettes dans ses mains, à la recherche d'imperfections. Ses doigts étaient râpeux, de la toile émeri, et couverts de pansements sales. Trois ans plus tard, elle avait épousé le mineur de fond napolitain rencontré dans une kermesse, avec autant d'innocence qu'on bécote dans une boum.

Après son départ, elle rendait visite à son fils deux ou trois fois par mois. Jamais à la maison, elle avait interdiction d'y mettre les pieds. Elle venait le voir au foot ou à la sortie des cours. Parfois ils se donnaient rendez-vous au Spoutnik, autour d'un chocolat chaud. Elle aurait bientôt un appartement bien à elle, lui promettait-elle, ils vivraient de nouveau ensemble. Les appels et les visites s'étaient espacés d'année en année, jusqu'au jour où Figuette avait pris son propre appartement. Lors de l'enterrement de son père, elle lui avait annoncé son remariage. Un banquier luxembourgeois à la retraite. Un homme doux et attentionné, je suis sûre qu'il va te plaire. Figuette avait fixé le cercueil, s'attendant à voir le cadavre de son père en sortir pour la fracasser à coups de mandales.

Elle avait épousé son banquier lors d'un voyage à travers les États-Unis. L'idée était venue à Figuette qu'elle s'était mariée à l'autre bout du monde pour ne pas avoir à l'inviter, lui, son fils.

À la naissance de Zoé, elle leur avait rendu visite dans leur HLM, le temps d'un café. Un dîner ? Non merci, elle voulait pas déranger.

Elle en avait trop fait. Trop de cadeaux, trop de félicitations.

Elle avait essayé de cacher sa nervosité. C'était l'appréhension des retrouvailles, avaient-ils pensé. Ou peut-être l'émotion de rencontrer sa petite-fille. La culpabilité d'être restée longtemps sans donner de nouvelles.

Mais ce n'était ni la culpabilité ni le bébé. C'était le simple fait de se retrouver à Villerupt. Cette ville lui avait volé sa jeunesse.

L'été dernier, à leur grand étonnement, elle les avait invités à déjeuner. Sur la route, Moïra et Figuette étaient restés silencieux en découvrant les paysages de la campagne luxembourgeoise. À moins de vingt minutes de chez eux, il existait donc un autre monde. Une Terre du Milieu, avec des villages où tout était paisible et bucolique, comme dans la Comté des Hobbits.

Le hall d'entrée de la maison du banquier aurait pu contenir leur appartement en entier. L'espace était si grand, si ouvert aux regards, qu'ils avaient eu l'impression d'être en représentation devant un public. Ça leur avait donné le trac.

Carl, l'époux de sa mère, s'était montré jovial. Loin de l'image d'ogre capitaliste que Figuette s'était faite. Moïra était plus partagée. T'as vu comment il nous parle ? En articulant, comme si on était des attardés.

Zoé avait trois ans et elle voyait sa grand-mère pour la deuxième fois. Cette dernière s'était adressée à elle en français. La petite s'en était étonnée : elle pensait que toutes les grands-mères parlaient italien.

Une voiture était arrivée dans la cour. La maison étant toute en baies vitrées, personne n'avait manqué l'entrée du bolide. Une Porsche, avait cru bon de préciser sa mère. Comme celle que t'avais dans ta collection de voiturettes Majorette, tu te souviens ? Elle pensait peut-être créer de futures affinités.

Ils étaient sortis pour accueillir le fils de Carl. Bonjour, je suis Andy, s'était-il présenté avec un regard amical. En lui serrant la main, Figuette avait remarqué que celle d'Andy était douce et fragile comme les tasses en porcelaine dans lesquelles on leur avait servi le café.

Sur le siège passager de la Porsche, un enfant d'environ cinq ans. Son ascendance ne faisait aucun doute tant il était blond et rose. Son père l'avait détaché et le petit avait sauté au cou de la mère de Figuette. Le visage de cette dernière s'était illuminé et elle l'avait aussitôt couvert de bisous et d'attentions.

Figuette avait longtemps pris la défense de sa mère : fallait pas lui en vouloir de ne pas s'intéresser à Zoé, elle n'était pas faite pour être grand-mère, voilà tout. Ce jour-là, devant la Porsche, sa femme lui avait fait comprendre en un seul regard noir que cet argument ne serait plus jamais recevable.

C'est l'heure du départ pour les vacances. Figuette s'assure une dernière fois qu'il n'a rien oublié. Les volets sont fermés, le gaz coupé. Zoé s'est endormie devant un dessin animé. Sous son jogging, elle porte un maillot de bain à pois rouges. Et sur son nez, des lunettes noires mâchouillées par Mouche. Wanda lui a dit de faire gaffe aux coups de soleil, alors elle s'est badigeonnée de crème.

Dans le garage, le Kangoo n'attend plus qu'eux. Figuette dépose la piotte sur la banquette arrière. Elle ouvre un œil : Papa, c'est quand qu'on arrive ?

Zoé a dormi toute la nuit. À son réveil, elle ne sait plus où donner de la tête. Elle court partout, va de découverte en découverte. Elle veut essayer tous les jeux, s'émerveille du chant des cigales.

– Y a écrit quoi là ?

– Camping du Lapin blanc.

– Papa papa ! Regarde l'oiseau, il est tout jaune !

– Oui, j'ai vu ! Y en a un autre juste là, tout rouge, sur le capot de la voiture !

Figuette monte la tente igloo. Il plante les sardines dans le sable, deux de chaque côté. Ça suffira, elle va pas s'envoler.

– Elle est toute petite ! Il va dormir où, Mouche ?

– Dehors. C'est l'été, il aura pas froid.

– Non ! Y dort toujours avec moi ! Et…

– OK OK. On va se serrer.

– Et pis il a peur tout seul la nuit !

– Basta, Zoé ! J'ai dit OK.

Devant la tente, Figuette a gonflé une pataugeoire. Cul nu, coiffée d'un chapeau de paille dont l'élastique lui fait un triple menton, Zoé s'amuse avec un arrosoir en plastique. Les paupières lourdes, Mouche mastique un vieux bout de chewing-gum. Il refuse de la rejoindre, alors elle attrape un seau et entreprend de l'enterrer dans le sable.

– Zoé, laisse Mouche tranquille.

– D'accord.

Et elle continue à ensevelir le rottweiler. Pour avoir la paix, Zoé a compris très tôt qu'il faut toujours répondre *d'accord*. Imperturbable, Mouche mâche la gueule grande ouverte. Tout petit, déjà, il s'acharnait à décoller les chewing-gums incrustés dans le bitume. Pour lui éviter de ronger les pantoufles et les chats des voisins, Figuette lui file des Malabars.

Zoé plonge sa main dans la gueule du chien. Elle écarte ses énormes mâchoires, fouille ses babines, lève sa langue, attrape le chewing-gum et le fourre dans sa propre bouche.

– Zoé, c'est pas à toi. Tu le rends à Mouche.

– D'accord, dit-elle tout en continuant à mâcher le chewing-gum.

Étendu sur un matelas rose, Figuette regarde le Tour de France. Les montagnes défilent sur l'écran de son smartphone. Les commentaires le font piquer du nez. Une guêpe se pose sur le matelas pneumatique. Il se demande si elle pourrait le crever avec son dard. Quand il se surprend à se poser une question débile, il se frotte le visage et cligne plusieurs fois des yeux.

Il ferait bien une partie sur sa console, mais il ne l'a pas emportée. Ce n'est plus de son âge, Moïra n'arrêtait pas de le lui répéter. Et puis il s'est promis de se consacrer tout entier à Zoé.

Il n'y a pas si longtemps, quand il rentrait du travail, s'il ne filait pas au Spoutnik, il se plantait devant sa PlayStation. Après l'usine, la récréation. Pendant qu'il relâchait la pression, sa femme vrombissait dans le salon, faisait la liste de toutes les corvées qu'elle avait effectuées dans la journée. Elle demandait un coup de main pour le linge, les poubelles, la gosse, et Figuette ne bronchait pas. Elle se donnait du mal pour déclencher une bonne engueulade, puis finissait par gueuler toute seule.

Sur Facebook, les photos de Zoé dans la pataugeoire reçoivent quantité de likes. À présent, Moïra doit savoir qu'il a emmené leur fille en vacances. Il a tenu sa promesse. Elle va voir combien il a changé, et regretter de ne pas être avec eux. Et enfin rompre le silence, c'est certain.

Lors de la soirée bohème, Moïra avait claqué la porte en lui promettant qu'il ne la reverrait jamais. Il ne l'avait pas crue. Le vendredi suivant, il était convaincu qu'elle allait se pointer. Il avait acheté du vin, changé les draps. Vers 22 heures, seul devant les bougies, les fleurs et les petits fours, il s'était senti merdeux.

Les semaines avaient passé. Son absence le rongeait.

Il revoyait les potes plus souvent : au bistrot, pour des apéros chez les uns et les autres. C'était pas si mal de regarder le foot sans s'entendre reprocher que c'était un sport de beauf. Coralie et Wanda discutaient la feuille de match, contestaient l'arbitrage et buvaient même de la bière. Figuette se demandait si ce n'était pas le genre de nana qu'il lui fallait.

En souriant, il affirmait que tout allait bien, mais les larmes n'étaient jamais loin. Le plus dur, c'était quand il rentrait chez lui. Seul, avec l'alcool qui, après lui avoir réchauffé les entrailles, d'un seul coup décalottait sa carapace et laissait son cœur à vif.

Son corps avait appris à associer l'ivresse au sexe. Quand il buvait, il s'en trouvait excité. Il se masturbait en repensant à leurs ébats. Puis il tombait dans un sommeil de fonte. Deux ou trois heures plus tard, il se réveillait en sursaut et ruminait jusqu'au matin, se reprochant de ne pas l'avoir traitée comme une princesse. Le manque de sommeil le plongeait dans un état second : un brouillard pas si éloigné de l'effet d'une camisole chimique.

Il avait l'impression de la voir partout. Cette fille de dos, à la boulangerie. Ou cette autre dans le bus, cachée derrière son smartphone. Après deux mois sans nouvelles, il était tombé sur Moïra en faisant ses courses. Elle était accroupie devant une pile de boîtes de conserve.

– Salut.

Elle avait levé la tête et aussitôt détourné le regard. Elle ne voulait pas qu'il la voie dans son uniforme Auchan, en train de réapprovisionner les rayons.

– Tu travailles ici ?

Il avait voulu lui faire la bise.

– Non. Me fais jamais la bise.

Il y avait eu un silence. Elle avait senti les larmes lui monter et l'avait serré dans ses bras ; rapidement, avant de faire un pas en arrière.

– Et l'école ?

– J'ai besoin de fric.

– Mais il te restait quoi ? Trois mois ?

– Et puis ? J'aurais fait quoi avec un BEP sanitaire et social ? Tu me vois torcher des vieux toute ma vie ?

Il y avait eu un nouveau silence et un jeune type qui devait être son responsable l'avait appelée.

– Faut que j'y aille.

– J'ai toujours des affaires à toi, avait-il lancé pour la retenir. Je te les dépose ?

– Non, je passerai, avait-elle répondu sans se retourner.

Mouche lui avait fait une fête du tonnerre. Il avait piqué un sprint à travers le salon, renversant au passage une chaise et la lampe halogène. Il s'était mis debout et avait posé ses grosses pattes sur ses épaules.

– Hé ! Mais t'es plus grand que moi ! Ça va pas du tout ça !

Il lui avait léché le visage et elle s'était laissée tomber sur le sol. Roulée en boule pour se protéger des coups de langue, elle riait, et le molosse jappait comme un chiot.

Figuette lui avait proposé un verre de vin; elle l'avait refusé.

– J'ai préparé tes affaires.

Du shampoing, quelques fringues, des bouquins. Mince, celui-là vient de la bibliothèque, avait-elle dit en ouvrant au hasard *L'Écume des jours*.

– Ça t'embêterait de le rendre à ma place ?

– Tu vas plus à la bibli ?

La bibliothécaire lui avait recommandé *Madame Bovary*, avait-elle raconté, hilare. Si vous cherchez à tout savoir sur l'amour, vous devez lire ce roman. Deux jours plus tard, elle était de retour. Furieuse, elle avait jeté le bouquin à la gueule de la vieille. Un roman d'amour, ça ?! Un roman contre l'amour plutôt ! On a pas idée de faire lire ça à une jeune fille. C'est pas parce que vous êtes frustrée du cul que vous devez en dégoûter les autres.

Elle avait fini par accepter un verre. Après le troisième, elle s'était passé les doigts sur la bouche. Je tiens plus l'alcool, j'ai déjà les lèvres qui pétillent.

Mouche poussait une balle baveuse à ses pieds, miaulait d'impatience. Oui, je sais, tu veux jouer, mon Moucheron. Mais il est tard, les voisins vont pas être contents. Il avait aboyé pour protester et elle lui avait sauté au cou : Fuck les voisins ! Bataille ! Elle s'était agrippée à son dos et le chien avait rué dans le studio. Ah tu veux faire un rodéo ! Il l'avait désarçonnée et dans sa chute elle avait renversé la bouteille. Elle pataugeait dans le vin rouge. Mouche, couché sur elle, lui mordillait les oreilles. Au secours ! Figuette avait voulu éponger, mais le chien l'avait fait tomber à son tour. Sur sa bouche. Il était tombé sur sa bouche et elle ne l'avait pas repoussé.

Ils s'étaient enlacés dans la flaque de vin. Elle avait levé les bras pour le laisser lui ôter sa robe trempée, en cachant vite ses aisselles. Je suis pas épilée... Il avait desserré l'étau en douceur. Laisse-moi voir.

Si elle ne s'épilait plus, ça voulait dire qu'aucun autre homme ne la voyait nue, et cette déduction avait ravi Figuette.

Il avait cajolé son aisselle. On dirait que j'ai deux hamsters collés sous les bras, c'est affreux. Elle lui avait demandé d'arrêter, mais sans conviction. C'est tellement doux, avait-il dit.

Il avait approché son nez. Fais pas ça, je pue. Je sors du boulot, j'ai pas eu le temps de me laver. Il avait respiré son aisselle. Une odeur légère, à la fois âcre, acide et sucrée, qui l'avait fait durcir. Et t'es sale comme ça de partout ? Oui, avait-elle murmuré en mouillant ses lèvres, de partout. Il avait regardé son entrejambe et avait résisté à l'envie d'y enfouir son visage. Il voulait prendre son temps. Il comptait bien lui faire l'amour comme si c'était la dernière fois.

Avec sa bouche, il avait effleuré l'intérieur de son bras, l'intérieur de son coude, de son poignet ; chacun des endroits où sa peau était fine et sensible. Elle se tordait en gémissant. Il avait léché la paume de sa main, puis sucé ses doigts un par un. Quand il était arrivé à son pouce, il avait englouti sa main en entier. Puis brusquement il était retourné à son aisselle et avait mordu le duvet à pleines dents, en tirant sur les poils pour lui faire mal, juste un peu.

Il était descendu en léchant son flanc, chacune de ses côtes. Il donnait des coups de langue, puis soufflait sur la salive pour la faire frissonner. Arrivé à sa toison, il l'avait longuement humée pour lui montrer à quel point il aimait que sa chatte ne sente pas le savon. Il avait embrassé ses cuisses, allant de l'une à l'autre, et à chaque passage il s'attardait au-dessus de son clitoris, le frôlait sans le toucher, se contentant d'y souffler du chaud, comme s'il avait voulu y faire de la buée. Il la faisait languir et elle n'y tenait plus. Elle avait glissé deux doigts. Plus tard, elle lui dirait : C'était fou, à peine mon index s'était posé sur mon clito, une petite pression et je savais que j'allais jouir. J'y étais encore jamais arrivée toute seule, tu te rends compte ?!

Après elle avait voulu le sentir en elle. Figuette avait ouvert le tiroir de la table basse pour y attraper une capote.

– Pas besoin.

– T'es sûre ?

– Je prends la pilule.

Le lendemain matin, une question taraudait Figuette :

– Je croyais que tu voulais plus jamais aller chez la gynéco ?

Elle n'avait consulté qu'une seule fois, et la mort dans l'âme, à cause de terribles démangeaisons. Elle s'était frottée encore et encore avec du savon mais ça ne passait pas. Ils avaient dû faire vingt kilomètres pour trouver une gynécologue, pas question qu'un homme trifouille son intimité.

– J'ai eu un pépin.

– Encore des démangeaisons ?

– Rien, laisse tomber.

Après le petit déjeuner, Figuette avait sorti Mouche. Sur le chemin du parc, il avait reçu un texto :

Je me suis fait avorter.

C'est pas de bol. On a toujours fait plutôt gaffe. OK, des fois on mettait pas de capotes. Mais de toute manière, je finissais presque jamais en elle. Elle me demandait de jouir sur ses seins. Elle aimait bien quand ça coule tout chaud. Ça les fera peut-être pousser, disait-elle pour me faire rire.

Elle souriait. Les yeux mouillés, l'air de dire oui je sais, moi aussi j'ai du mal à y croire. Figuette avait des questions. Non, dis rien s'il te plaît. J'ai pas envie d'en parler. Il s'était approché, avait posé ses grosses mains sur ses joues. T'as dû avoir tellement peur... Les larmes avaient jailli et avec elles les mots. C'était horrible. HORRIBLE. Y avait du sang partout. Prenez le deuxième cachet chez vous qu'elle m'avait dit, vous ressentirez l'équivalent de règles douloureuses. Tu parles, j'ai passé la journée à me tordre dans la baignoire. Ça me faisait des contractions qui me cassaient en deux. Je mordais le tuyau de la douchette pour pas hurler. Je pouvais pas faire de bruit, y avait Nonna juste à côté. Je lui avais dit que j'avais la gastro. Et ça coulait ça coulait, y avait plus de sang que dans tes films de zombies. Je sais pas si c'est les médocs, la douleur ou la vue de tout ce sang, mais j'arrêtais pas de gerber en plus. Eh ouais, tu la vois l'image, là ? Elle était belle ta princesse, à poil dans une baignoire vide, à chialer sa mère.

Elle avait pris une longue inspiration.

À un moment, j'ai senti quelque chose se décrocher. Ça a été peut-être le plus bizarre, ce truc dans le bide, d'un coup. Et puis plus rien. Alors je me suis mise à pousser, je sais pas pourquoi. Je poussais, et sans faire exprès je respirais comme dans les films, tu sais, en faisant le petit chien. Ça m'a fait rigoler. Et puis ça a giclé d'un coup. SCHPLAFF ! Ça a éclaboussé toute la baignoire. Un œuf, qu'elle m'avait dit l'autre connasse. En vrai c'était gros comme une omelette ! De la viande, je te jure, c'était de la viande saignante et ça sortait de moi.

Déjà que quand j'ai mes règles ça me dégoûte, alors t'imagines.

Elle s'était mouché et Figuette fixait ses pieds.

J'osais pas y regarder de trop près, j'avais grave la trouille. T'imagine si j'y avais vu un truc à l'intérieur, genre un mini-bébé ? Avec des yeux, des petits bras et tout ? Ouais, je sais bien, c'était pas encore un fœtus, mais quand même. Alors j'ai tout rincé. C'était trop gros pour passer dans le siphon, j'ai flippé de tout boucher. Je savais pas quoi faire, j'arrivais plus à réfléchir. Je suis restée là un moment. J'ai fumé une clope. Avec les pieds dans la bouillie. Le mieux c'était de tout mettre aux chiottes. Mais pour ça y aurait fallu que j'y touche. Et puis je sais pas… je me suis dit que c'était pas cool. Après deux ou trois clopes, ça m'a grave gavé tout ça. J'ai vidé un paquet de lessive, j'ai attrapé le truc à pleines mains et je l'ai foutu dedans.

Elle s'était arrêtée de parler et Figuette en avait profité pour leur allumer des cigarettes. Il était sonné. Jusque-là, pour lui, un avortement c'était une simple formalité. On entrait dans une clinique et on en ressortait quelques heures plus tard, soulagée, pour ne pas dire guérie. Il ignorait même qu'on pouvait faire ça à la maison, avec des médicaments.

– Tu me demandes pas ce que j'en ai fait ?

– De quoi ?

– Ben de l'omelette.

– T'en as fait quoi ?

– Je l'ai enterrée dans le jardin ! Je sais pas d'où ça m'est venu cette idée. J'ai creusé un trou et je l'ai enterrée. Avec des fleurs. J'ai même dit un mot. Comme quand j'étais petite et qu'on faisait des cérémonies pour mes canaris.

Elle était belle, avec son sourire triste et ses pommettes gonflées par les larmes. Elle tremblait de partout, pourtant elle se sentait forte comme jamais. Femme, elle se sentait femme. Dans tout son corps ; cet organisme qui s'était révélé capable de fabriquer un début de vie. Mais quelle violence ! Elle n'aurait jamais d'enfant, c'était décidé. Elle ne laisserait pas la nature faire d'elle un animal.

Au milieu de l'été, malgré les précautions, elle se découvrait de nouveau enceinte.

Une truite mouche à la surface ; ses écailles lancent des éclairs, l'eau clapote. Une autre bondit et retombe comme une gifle. Sur un nénuphar, une rainette coasse. Zoé ne la quitte pas des yeux. Sa fossette au menton frétille.

Figuette relève une des gaules en bambou. Tu me passes un ver ? Zoé se saisit de la boîte de conserve du bout des doigts, détourne la tête pour ne pas voir comme ça grouille là-dedans. Allez, fais pas ta nareuse. La gamine grimace. Son père se libère une main en se collant l'hameçon dans la bouche, attrape un ver de terre et l'embroche. Le lombric s'entortille autour de l'hameçon, ses entrailles jutent.

– Arrête arrête ! Tu lui fais mal !

– Mais non, ça sent rien ces trucs.

Zoé n'aime pas qu'on lui raconte des craques. Elle le regarde droit dans les yeux : deux billes rondes et noires qui vous jugent.

– Et si on faisait une photo ?

– Non. C'est nul la pêche.

– Allez, fais pas du boudin. La photo, on pourrait l'envoyer à maman. Mets-toi assise, qu'on voie bien la mare. Oui, comme ça. Dis souris !

Il recadre la photo, booste la lumière et la poste sur Facebook. En commentaire :

> Deuxième jour des vacances, première partie de pêche pour Zoé.

Pendant ce temps, la gosse court autour de la mare. Un bout de brioche à la main, elle appelle la rainette. Allez viens petite grenouille, tiens, c'est bon la brioche. Elle croit apercevoir quelque chose au fond de l'eau ; se penche, perd l'équilibre et bascule la tête la première. Ses guibolles pédalent dans le vide. L'eau bouillonne. Mouche aboie. Figuette la remonte par les bretelles.

Un cliquetis entêtant, l'acier qui couine. Avec sa main en crochet, la mère Tatta tourne la manivelle du laminoir. La boule de pâte en ressort sous la forme d'une bande fine. Elle la farine et l'étale sur la table. En français, la machine à pâtes porte le même nom que les cages de laminage des aciéries ; elle s'en est toujours étonnée. Quand Moïra était petite, elle s'en servait pour lui expliquer le travail du grand-père. Tou vois, l'acier i arrivait tellement chaud qu'i devenait tout mou. Et pépé, i lo passait dans les gros cylindres et lo lingot i ressortait en spaghetti, pour faire des grandes barres do fer.

Combien de kilomètres de pâtes a-t-elle déroulés

dans sa vie ? Combien de millions de cappellettes ? Les mêmes gestes répétés encore et encore, depuis sa petite enfance à Gubbio, en Italie. Découper les bandes en carrés. Une noix de farce. Plier la pâte et la refermer, un capuchon qui a l'air d'un nombril. Dans le temps, les femmes de la cité se réunissaient les soirs et les dimanches. Un moment de partage. Par souci de rendement, chacune à son poste ; le fordisme jusque dans les cuisines. À présent, la mère Tatta fait la pasta toute seule. Son laminoir tourne tous les jours. Elle les congèle dans des sacs, pour les vendre ; trois sous de plus à la fin du mois. Les clients ne manquent pas : voisins devenus trop paresseux, qui ne veulent plus s'embêter avec ça.

Moïra n'a jamais voulu apprendre à faire les pâtes à la main. Le travail à la chaîne, les ongles sales, je passe. T'as bien raison bambina mia, si lo zhommes veulent manzer la pasta, qu'i sé les fassent eux-mêmes. Zoé, ça l'amuse encore. Troisième génération à qui Tatta montre comment rouler les boudins pour les gnocchis. D'abord à ses filles, Maria, Angèle et Michelle, puis à ses petites-filles, Moïra et sa sœur Laura, et maintenant à son arrière-petite-fille. Les prénoms et les époques se mélangent dans sa tête. Le temps est un disque rayé. Maledizione, ça n'en finira jamais.

Après avoir nettoyé le plan de travail, elle traverse la rue. Arrivée devant la maison de Figuette, elle sort une clé de la poche de son tablier, puis va pour l'introduire dans la serrure. Porca miseria, non va. Elle a un doute, l'inspecte, et tente à nouveau de l'introduire.

Plantée devant la porte, elle n'y comprend rien. Elle ne s'est pas trompé de clé, elle en est certaine. On dirait qu'il a changé la serrure. Mais pourquoi ? Et qui va arroser les plantes durant leur absence ?

En plan sur le palier, elle s'allume une brune. La mère Tatta appartient à cette race de fumeurs qui allument leur cigarette avec le mégot de la précédente. Elle se racle la gorge, quand une odeur titille ses naseaux.

Porco Dio, ma quouel est lo cornuto qui fait griller dé la poiscaille ?

Les grillons grésillent, les grives gazouillent. Zoé et Figuette ont remballé les gaules. La pêche a été bonne, la bourriche est pleine à craquer. Figuette plante son couteau suisse dans l'anus d'une truite et l'ouvre comme un livre. Il y plonge la main et en ressort une grappe de boyaux sanguinolents. Zoé part en courant. C'est trop dégueu le dedans des poissons ! En plus ça pue ! Figuette jette la truite sur le barbecue électrique. Elle crépite, ses yeux deviennent blancs. Son couteau suisse est couvert d'écailles ; il passe la lame sur son short en jean.

– Et si on faisait une photo avec les poissons ?

– Non.

– Allez, pour montrer à maman tout ce qu'on a pêché !

– Non.

Il prend en photo le barbecue et rédige un post dans la foulée.

La photo de Zoé à la pêche a déjà reçu 47 likes. Mais rien de Moïra. C'est pas grave, ça viendra. Elle va voir qu'il s'occupe bien de leur fille et ça lui donnera envie de revenir. Au moment où il s'y attendra le moins, il la trouvera dans la cuisine, ou sur le canapé. Alors il lui préparera un apéro et la vie reprendra son cours. Et ce sera la dernière fois qu'elle se barre, car tout va changer. Il a compris la leçon. Il va prendre soin d'elle. Tiendra sa promesse, elle sera de nouveau sa princesse.

– Zoé, sors-moi ce pouce de ta bouche, t'es trop grande pour ça.

– D'accord.

– Zoé, ton pouce ! Je vais me fâcher…

– D'accord d'accord.

Et elle s'éloigne en gardant son pouce à la bouche.

– C'est fou ça ! Tu veux redevenir un bébé ou quoi ?

– C'est toi le bébé.

Le vent la fait frissonner.

– Papa, j'ai froid.

Figuette écarte les fougères et coupe le ventilateur.

La gamine se frotte les yeux. Ce n'est pas encore l'heure, mais il décide de la coucher. Pendant qu'il la borde, elle lui demande si demain elle pourra se baigner.

– Bien sûr, ma princesse.

– Je suis pas ta princesse.

– D'accord, mon crapaud. Je vais vider la mare et remplir la pataugeoire avec de l'eau propre.

Il y a trop de lumière et de bruit, la petite n'arrivera jamais à s'endormir. Il se dirige vers le soleil, cherche la prise et la débranche. Puis il va à la chaîne stéréo et coupe le son. Les grillons cessent de grésiller. Et les grives de gazouiller.

Un soleil en papier mâché, avec pour cœur une ampoule de 200 watts. Sur l'établi, un donjon en carton, où une compagnie de peluches monte la garde. Les étagères sont cachées par des draps peints : des forêts multicolores, des fleurs grandes comme des arbres et des papillons chevauchés par des fées. Une rivière serpente jusqu'aux portes d'un château fort, où s'embrassent sur le pont-levis une princesse et son prince charmant. Les guirlandes électriques de Noël sont recyclées en nuées de lucioles. Des tas de fleurs, de plantes en pot, de lianes et de fougères déguisent le sous-sol en jardin tropical. Partout, du sable, une épaisse couche. Le plafond est paré d'étoiles phosphorescentes.

Un hamac est tendu dans le fond de la pièce. Une balançoire pendue à un nuage en coton. Et une tente igloo posée devant la mare gonflable.

Figuette a pensé à tout : provisions, camping-gaz, matelas pneumatiques et duvets. Les lucarnes sont badigeonnées de noir. La porte du garage, insonorisée avec de la mousse. Sous les escaliers, un paravent pour cacher les toilettes : une caisse en bois percée, posée sur le regard de la fosse septique. Il a modifié la trappe pour la faire coulisser et y jeter les litières de Mouche.

Pour fêter leur arrivée, il a même effectué un lâcher de canaris : deux petits oiseaux qui ne savent pas faire autrement que chier partout. Pour ses six ans, son père lui en avait offert un, orange avec une tache blanche sur la tête. Il lui avait raconté comment les anciens mineurs utilisaient la fragilité de ces sentinelles à plumes pour prévenir en cas d'émanations de gaz. Si les oiseaux se hérissaient ou mouraient, il fallait vite décamper. Le sien n'avait pas vécu longtemps. Papa, je pourrais en avoir un autre, promis-juré je m'en occuperai bien. Même pas en rêve, t'avais qu'à en prendre soin.

Figuette avait oublié à quel point il aime créer. Dans les yeux de sa fille, une étincelle, pareille à celles vues tant de fois dans les yeux de sa femme. Moïra avait un besoin vital de Grands Flashs. Un jour, elle lui avait laissé un mot sur le frigo.

> Ces univers que tu crées pour moi me réconcilient avec la vie.

Ces vacances, c'est l'occasion de ressortir leurs décors. Le palmier en papier mâché, les colonnes romaines, les portes mauresques. Une seconde vie. Quand elle était tombée enceinte, elle avait eu peur. Ça ne changera rien, lui avait-il promis, tu seras toujours ma princesse. Connard, c'est ta faute si elle s'est barrée. Tu l'as regardée s'éteindre et t'as rien fait.

Pas question de revivre ce cauchemar, pas si tôt. Moïra pouvait encore sentir le sang couler chaud et poisseux sur ses cuisses, la bile dans sa bouche, ce vide dans son ventre.

Il fallait prendre une décision, pas le temps de pleurer sur son sort. Quoi que tu décides, lui avait dit Figuette, cette fois je serai avec toi. Sur le moment, une grossesse lui avait paru sinon plus facile, du moins envisageable. Elle flippait davantage à l'idée d'endurer un nouvel avortement, qu'à celle de porter un enfant. Entre les deux tourments, elle avait choisi celui qui lui offrait un sursis. Gagner du temps, comme si elle attendait un miracle. En le gardant, une seule issue possible. Mais pour l'heure, elle s'autorisait à oublier l'échéance.

Son ventre s'arrondissait et Moïra se sentait bien trop jeune pour devenir mère. Elle venait de fêter ses dix-huit ans. Elle n'avait encore rien vécu, comment aurait-elle pu donner la vie ? Elle n'avait jamais conduit, jamais voté, n'était même pas entrée dans une boîte de nuit. Non, elle n'était pas prête à faire passer quelqu'un avant elle. Les enfants ne font pas d'enfants.

Ma c'est pas la Mary Poppins qu'elle va vénir té souver. Si Moïra n'avait pas entendu cent fois ces mots dans la bouche de sa grand-mère, elle ne les avait jamais entendus. Tou as fait ton choix, maintenant tou dois l'assoumer.

Pour assumer et aller au bout de cette grossesse, il lui fallait devenir quelqu'un d'autre.

– Je veux me marier.

– Quoi ?

– Je veux me marier et je veux le faire avant de ressembler à une baleine.

– C'est pas la peine de se précipiter. On peut

attendre la naissance du gremlins et voir ça plus tard.

– C'est pas romantique un mariage avec un mioche sur les bras. Je veux devenir ta femme tout de suite.

Si Figuette s'était senti le couteau sous la gorge ? Pas le moins du monde, il était heureux comme un prince. Quelques mois plus tôt, il pensait l'avoir perdue pour toujours. Et voilà qu'elle allait lui donner un enfant et le demandait en mariage.

Figuette décongèle une tarte aux pommes. Deux minutes au micro-ondes et ça ressemble à une grande crêpe toute molle couverte de compote. Il a prévu une bougie qui crache des étincelles, mais Zoé n'est pas d'accord : trente années, trente bougies. Il fait les fonds de tiroir, en déniche une vingtaine. Ça suffira, Zoé ne sait pas compter jusqu'à trente.

Mouche salive en la regardant les disposer sur la tarte. Figuette grignote des petits bouts de croûte et se fait gronder.

– Fais un vœu !

Il ferme les yeux, souhaite fort avoir des nouvelles de Moïra. Ne serait-ce qu'un sms, pour lui dire bon anniversaire. Mais c'est encore trop demander.

Il souffle les bougies. Zoé applaudit, Mouche aboie.

– Tu veux une part ?

– J'aime pas les pommes.

– Zoé, faut que tu te forces. T'as rien avalé de la journée.

Toujours un casse-tête de la faire manger. Aussi difficile que sa mère. La gamine se nourrit de biscuits secs et de pâtes au beurre. Les fruits et les légumes, c'est dégueu. Les bonbons et les glaces, aucun plaisir. Quant à la viande, une fois elle a vomi à la simple vue d'une côtelette.

– Et si on jouait aux pirates ?

Zoé court se changer et ressort de la tente à poil dans une salopette en jean. Son père l'attend, un feutre à la main.

– Tu veux quoi comme tatouage ?

– Une tête de porc.

– Tu veux dire une tête de mort ?

– Oui. Avec un arc-en-ciel.

– Un arc-en-ciel, ça fait pas très pirate.

– Et toi tu te fais une moustache et une grande cicatrice sur l'œil, qui descend comme ça sur la bouche.

Devant chacun des pirates, un bol de chocolat chaud. Une madeleine y flotte, piquée d'un cure-dents arborant un pavillon noir. En guise de munitions, une poignée de M&M's. Celui qui vise dans le mille se doit de dévorer le navire de son adversaire.

La Tigresse s'installe devant sa flotte. Face à elle, le redoutable capitaine Willy le Borgne. Armé jusqu'aux dents et coiffé de son légendaire bandeau grenat, il fait régner la terreur des Indes aux Caraïbes. Le Borgne lance les hostilités. Les canons se mettent à tonner, les boulets sifflent.

La reine des pirates riposte en se mordant la langue, comme quand elle fait du coloriage. À ses pieds, Mouche bondit de part et d'autre, fouille le sable à la recherche des boulets perdus.

Willy le Borgne fait preuve de maladresse et la Tigresse en profite. D'une salve, elle démâte le vaisseau ennemi et le dévore.

Le butin de guerre : une carte au trésor sur un vieux parchemin !

Marchez au nord, bravez le souffle de Poséidon

Traversez l'eau morte et au pied du palmier nain,

Déterrez le trésor.

La pirate découvre le palmier nain en un temps record. Équipée d'une pelle en plastique, elle creuse dans le sable. Un coffre en bois ! Elle retient son souffle. Des éclairs argentés lui sautent au visage. Des dizaines de DVD, tous ses dessins animés préférés : *Robin des bois*, *Pinocchio*, *Bob l'éponge*, *Les 101 Dalmatiens*, tous sans exception.

Bolchoï avait garé sa camionnette sur le trottoir. Toute la troupe en était descendue, en gilet jaune et casque de chantier. Avec des cônes orange, ils avaient établi un périmètre de sécurité devant l'église de fer.

Figuette, Piccio et Nourdine avaient installé une palissade sur le parvis. Bolchoï s'était attaqué à la serrure. En tailleur et escarpins, Coralie gardait les curieux à distance.

– Agence Tous Risques, s'était-elle présentée en montrant du doigt le panneau sur la camionnette. On a été appelés pour un problème de canalisation.

– Ça fait des années qu'on l'a plus vue ouverte, cette église, avait dit une mamie du voisinage. C'est bien si les nouveaux propriétaires ne la laissent pas tomber en ruine.

– On risque de travailler tard ce soir, alors vous inquiétez pas pour le bruit et la lumière.

Nourdine et Piccio avaient découvert l'intérieur de l'église. Un chemin de croix taillé dans un bloc de minerai de fer. Des fresques à la gloire de la force ouvrière. Une verrière qui représentait sainte Barbe abritant sous son manteau des mineurs. Tout leur rappelait qui l'avait érigé, ce gigantesque Meccano. Destiné à être produit en série, ce prototype devait permettre aux missionnaires de créer à moindre coût de nouveaux lieux de culte en Afrique. La Seconde Guerre mondiale avait enterré ce projet et la Dame de fer était restée unique au monde.

Un mois plus tôt, quand Figuette avait soumis son plan, il y avait eu débat.

– Et pourquoi pas ? avait demandé Coco. Qui l'a construite cette église ? C'est nos anciens, mon grand-père en était.

– Et mes oncles, avait ajouté Alain.

– Le problème, avait objecté Nourdine, c'est que maintenant c'est une propriété privée.

– « Propriété privée »… Je t'en foutrais, avait dit Bolchoï. Dis-moi, camarade, qui l'a sauvée cette église, après l'effondrement minier ?

– On habitait à deux rues de là, à l'époque, avait raconté Alain. Le sol s'était affaissé de plus de soixante-dix centimètres ! Plus personne n'entretenait les galeries depuis la fermeture des mines, alors ça devait bien arriver. Les maisons et les routes éventrées ; les trottoirs qui gondolaient comme de la pâte à modeler ; le gaz et l'eau coupés.

– J'avais tellement la trouille que ça recommence, avait dit Wanda, j'en dormais plus de la nuit. L'ironie du truc, c'est que l'église se trouvait pile au centre de l'affaissement. Elle avait morflé, ses tôles s'étaient complètement disloquées.

– Quand il pleuvait, avait dit Coco, la nef se transformait en piscine.

– Rouillée jusqu'à l'os, avait repris Alain. Complètement bouffée par la corrosion. On avait monté une asso et levé des fonds pour la retaper. On avait obtenu son classement aux Monuments historiques et après des années de travaux qui ont coûté des millions à l'État – nos impôts, soit dit en passant –, le diocèse, il a fait quoi ? Il l'a vendue ! Oui oui, à une héritière de la mode. Une Parisienne, pour le prix ridicule d'un pavillon de banlieue.

– Elle s'est payé notre église avec son argent de poche, dit Bolchoï. Et depuis, les portes nous sont fermées et la rouille revient de partout. Moi je vous le dis, cette église, elle nous appartient plus qu'à elle. Alors, Figuette, si c'est là que ta petite a envie de se marier, je vois pas ce qui vous en empêche.

– Putain, les gars, s'était enflammé Piccio, je le sens bien ce coup ! On y va la veille et on fait sauter la serrure !

Devant l'église, les feuilles mortes virevoltaient comme des confettis. Sur le pourtour de la nef, des vitraux aux motifs géométriques déversaient une lumière joyeuse, un pastel de bleu, de rose et d'ocre. Moïra voulait des bougies, alors ils en avaient installé tout le long de l'allée centrale. Cent vingt-sept, Wanda les avait comptées. De chaque côté de l'autel, des lampes de mineur étaient braquées sur l'abbé Valensi. Il avait accepté d'officier sans se faire prier, le padre. Les lieux de culte devraient pas être privatisés, avait-il prêché, ils appartiennent au Seigneur, donc à chacun.

Légère et courte, la robe de Moïra moulait son gros ventre, qu'elle chérissait de sa main. Elle était rayonnante. Depuis qu'elle avait choisi de devenir quelqu'un d'autre, elle avait le sentiment de s'être trouvée. Les filles de son âge vivaient encore chez papa-maman et recevaient de l'argent de poche. Tandis qu'elle, elle attendait un enfant d'un homme qui la traitait en princesse. Cet homme, elle avait le privilège de l'épouser, et pas n'importe où, dans une église unique au monde. Un mariage clandestin, quoi de plus romantique. La vie se montrait enfin à la hauteur. Son homme se montrait enfin à la hauteur. Elle lui avait demandé la Dame de fer et il l'avait exaucée. Sa seule déception, l'édifice avait perdu de son cachet depuis la restauration. Elle la trouvait plus belle quand elle était rouge de rouille. Les tôles de la façade offraient au regard leur dentelle de corrosion. La mère Tatta soutenait qu'il fallait raser cette horreur. Moïra, elle, y voyait un poème d'acier.

En la conduisant à l'autel, le père Tatta, espiègle, avait siffloté *L'Internationale*. Moins par provocation que pour rappeler au bon Dieu que cette église, c'étaient des camarades qui l'avaient érigée.

La mère de Figuette s'était excusée : elle avait prévu une croisière au Japon. Mais il s'en foutait. Pendant la messe, ses yeux s'étaient embués et sa voix avait déraillé.

Le repas s'était tenu dans l'arrière-salle du Spoutnik. La mère Tatta avait préparé une polenta, farine de maïs bouillie, servie liquide sur une planche de six mètres de long. Elle y avait tracé des canaux, *comme à Venise*, dans lesquels elle avait versé la sauce tomate. De la mozza fumée, des polpette de viande et des girolles de saison. Un saladier de parmesan passait de main en main. Armés de cuillères, tous y étaient allés directement sur la planche fumante.

Dans la salle voisine, les filles de Bolchoï apprenaient au fils aîné de Nourdine à jouer aux quilles. Ça ressemble au bowling, disait Tatta, sauf que c'est pas une connerie de Ricains, c'est un jeu bien de chez nous. Pas de trous pour les doigts, et c'est plus balèze car la piste est très étroite. Le petit Sami s'acharnait à soulever une grosse boule. Hé la marmaille, gaffe au parquet ! Après un moment, les enfants avaient trouvé plus marrant de faire tomber les quilles en les taclant. Ils couraient sur la piste, se jetaient en glissade : strike !

– Figuette, remets-moi de la prune, avait dit Quinto Tatta, juste un schlouk.

La mère Tatta avait menacé son mari avec une louche de polenta.

– Quoi ? J'ai rien bu !

– Strrramaledissa !

Tatta avait pris Piccio à témoin :

– Dis-moi, gamin, ça fait beaucoup deux bouteilles de rouquin avec un bon repas ?

– Et moi ? avait protesté Pop en montrant son verre vide. J'ai vendu du gasoil aux Allemands ?

En bout de table, l'abbé Valensi refusait de quitter sa chasuble de messe, rouge et or.

– Hé, frère Tuck, lui avait dit Bolchoï, c'est un temple laïque, ici. Tu voudrais pas te défroquer ?

– Elle te plaît pas ma tenue ? C'est celle des grands jours. Et c'est en votre honneur que je la porte. Car ce que vous avez fait aujourd'hui, je l'oublierai jamais. Et Lui non plus, avait-il ajouté en pointant le ciel.

– Fanculo, avait dit Pop. Et mollo sur la bibine, t'es rouge comme un cul de gosse après le catéchisme.

– Aujourd'hui, mes amis, vous en doutez peut-être, mais vous étiez en mission pour le Seigneur. Vous avez libéré un lieu saint. Et pour ça, soyez bénis !

– Padre, avait lancé Tatta, tu ferais mieux de prier pour ton foie.

– Tatta, devant les autres tu te fous toujours de ma gueule. Mais pour les baptêmes et les enterrements, tu sais où me trouver !

– C'est juste au cas où. Dio sa che sono ateo. (Dieu sait que je suis athée).

En 2012, l'abbé s'était vanté d'avoir voté Hollande dès le premier tour. Depuis, tout le monde le traitait de fasciste. Pour se racheter, il mettait du zèle à toujours être du même côté que ses ouailles. Un verre dans une main, une bouteille dans l'autre, il avait entonné un chant qui les avait tous mis d'accord.

Una mattina
mi son sveglato
O bella ciao bella ciao bella ciao ciao ciao !

Avant le tiramisu, Moïra avait entraîné Figuette dans la réserve. Fais-moi l'amour ! T'es sûre ? Avec tout le monde à côté ? Il avait dégrafé sa robe et l'avait déshabillée. Il s'était accroupi pour baisser sa culotte et avait embrassé son ventre au passage. Il avait chuchoté à son nombril : Bouche-toi les oreilles, mon petit gremlins. En se relevant, il lui avait ôté son soutien-gorge. Ses seins avaient doublé de volume. Lourds, tendus. D'une manière ou d'une autre, ton sperme a réussi à les faire pousser. Sa peau était transparente, on distinguait chaque veine. Ses tétons étaient dressés, roses et durs. Si sensibles qu'elle en avait la chair de poule. Elle était tellement fière de ses nouveaux seins. Elle les regardait avec l'air de ne pas y croire.

Pince-moi. Il s'était exécuté et une perle était apparue. T'as vu ça ?! Oui, presse encore, plus fort. Une grosse goutte avait coulé sur son sein. Dans son regard, il avait compris ce qu'elle attendait. Il avait léché le lait : un goût amer, avec une note d'ail. Il avait grimacé ; elle avait ri. Il avait voulu la prendre debout, mais ce ventre entre eux les en empêchait. Il avait essayé de la porter, sans plus de succès. Alors il était venu derrière elle.

Aux abords d'une source, Danse avec la foudre a découvert la trace d'un gros gibier : un dahu, probablement un vieux mâle. Ils ont peinturluré leurs visages et se sont fait des arcs en noisetier. Dans l'écorce, ils ont gravé des motifs au canif et fait les incantations d'usage. Ô Esprit de la forêt, toi le Grand Manitou, protège tes chasseurs, fais en sorte qu'ils triomphent du puissant dahu.

La peur au ventre, ils ont pris le sentier des braves. Petite Plume a raconté qu'elle avait déjà vu faire dans la télé, mais Danse avec la foudre l'a coupée : les Peaux-Rouges n'ont pas le câble.

La traque a duré des heures. Parfois ils s'accroupissaient, tâtaient la terre et en portaient un peu à leur bouche. D'autres fois, ils humaient l'air comme Mouche le Brave, leur éclaireur.

Des craquements dans les fourrés les ont fait sursauter. Ils ont entendu la bête fuir, mais impossible de l'apercevoir. Après avoir constaté que les pièges n'avaient pas été visités, ils sont rentrés au campement.

Heureusement pour leurs estomacs, la cueillette a été bonne. De nombreuses baies et champignons sont venus remplir les besaces. Et sur les branches d'un arbre à pain, ils ont cueilli deux baguettes surgelées.

Pour remercier le Grand Esprit, ils ont dansé autour du totem. Leurs têtes tournaient. Leurs chants les galvanisaient.

Couche-toi dans le sable. Avec ta main au-dessus de tes yeux, comme si tu regardais loin. Figuette braque le soleil sur Zoé. Parfait. Il prend la photo, booste la lumière et crée un flou d'arrière-plan.

Ferme les yeux.

Tout en éteignant le ciel, il vérifiait qu'elle

ne trichait pas. Les étoiles étaient si grosses, si proches, que Zoé avait l'impression de pouvoir les attraper en tendant la main.

Avant de dormir, Figuette lui a conté l'histoire de la création des constellations.

Il était une fois deux canaris qui s'étaient rencontrés lors d'un bal. Les yeux dans les yeux, ils avaient dansé une valse à mille temps, qui les avait emmenés haut, très haut dans le ciel. Emportés par leur amour, ils ne s'étaient pas aperçus qu'ils se rapprochaient dangereusement du soleil. Pris de panique, le canari jaune avait lâché le canari rouge. S'ils avaient continué à danser, peut-être auraient-ils pu échapper à l'attraction de l'astre, mais ça on ne le saura jamais. Le canari jaune avait esquivé de justesse la collision. Il avait assisté impuissant à la disparition de son amoureuse. Sous le choc, le soleil s'était éteint durant de longues heures. À son réveil, il avait trouvé le canari jaune en train de pleurer. Rongé par la culpabilité, il voletait, hagard, parmi les plumes rouges qui se consumaient lentement. Bouleversé par la tristesse du rescapé, le soleil avait décrété que dorénavant il s'éteindrait toutes les nuits, en mémoire des amants canaris. Puis il avait disposé avec soin les plumes scintillantes de manière à cartographier le ciel. Des étoiles comme des phares dans la nuit, destinées à guider les amoureux du monde entier et à les empêcher de se brûler les ailes.

Ce soir encore, Figuette n'a pas trouvé le sommeil. Mais cette fois il allait trop bien pour dormir. Il s'est remémoré tous les bons moments des derniers jours. C'est pas si compliqué de s'occuper d'une gosse. Pourquoi s'était-il défilé si longtemps ? Zoé est marrante. On dirait une adulte en miniature. Une vraie personne, tellement réelle, s'est-il dit en touchant le nez de sa fille avec son gros doigt.

Il n'a jamais été aussi proche de Zoé. Il a passé la nuit à la scruter, à louer chacun des battements du petit cœur collé tout contre le sien. À un moment, une chaleur a grandi dans son ventre. Il l'a sentie monter dans sa gorge et gonfler ses yeux.

Fait pas chaud ce matin. Figuette met la main sur le radiateur, constate qu'il est froid. Il l'éteint, le rallume. Le débranche, le rebranche. Cazzo, il est mort.

À poil sous son chapeau, Zoé fait un château de sable.

– Mets un gilet, ça caille.

– Non. Je veux rester torse cul nu.

– Tu vas tomber malade.

– J'ai pas froid.

– Si tu tombes malade, on sera obligés de rentrer à la maison. Alors habille-toi.

– D'accord.

Zoé découpe un bout de papier, puis le saupoudre de sable. Elle le mouille avec sa langue et le roule entre ses doigts.

– Tu fais quoi ?

– Une cigarette pour tonton Piccio.

Figuette retient un rire. Il la filme et s'empresse de publier la vidéo, avec le commentaire :

> @piccio54 t'as vu ta mauvaise influence sur ma fille !!! :)

Puis il prend un ton sérieux pour demander à Zoé d'arrêter ça. C'est sale, c'est pas pour les enfants.

– D'accord, répond-elle tout en allant rouler sa cigarette plus loin.

Lulu la grenouille passe son temps dans la pataugeoire. Quand elle s'aventure dans la pièce, le sable se colle à sa peau : on dirait une escalope panée, avec deux gros yeux mouillés. Mouche la renifle, son poil se hérisse. Si elle s'immobilise, il aboie et la pousse avec sa patte. Si elle bondit, il fait claquer ses dents. On ne sait pas trop s'il veut jouer ou en faire son dîner. Zoé lui balance des coups de poing sur la truffe.

Figuette a capturé la grenouille dans le ruisseau qui court derrière les jardins. Il avait prévu des têtards, ça aurait fait bien dans la mare. Mais il a oublié de changer l'eau et ils ont tous crevé avant les vacances. Dans le seau, une mousse gélatineuse verdâtre, le sous-sol schlinguait et grouillait de mouches. Les truites, ça faisait deux semaines qu'elles attendaient dans la baignoire. Des poissons d'élevage, vingt balles dans la poche du garde de l'étang de Sainte-Claire.

Les canaris chantent toute la journée. Zoé les a baptisés Tic et Tac. La première fois hors de la cage, c'était la panique, ils se cognaient contre les murs. À présent, ils explorent, prennent leurs aises. Zoé voudrait qu'ils viennent manger dans sa main, mais elle leur fait peur. Ils préfèrent se poser sur le dos de Mouche. Le chien n'ose plus bouger, louche, interroge son maître du regard.

Une voiture se gare devant la maison. Pour voir sans être vu, Figuette a installé un judas sur la porte du garage. Un SUV noir. Un petit bonhomme dégarni en descend, dans un costard trop grand, une serviette en cuir à la main. Il ne le connaît pas, mais le reconnaît aussitôt. Des semaines qu'il redoutait sa visite. L'huissier vérifie l'adresse sur la boîte aux lettres et se dirige vers la porte. Figuette se précipite sur Mouche et de la main lui muselle la mâchoire. Tu te tais ! De l'autre, il fait signe à Zoé de le rejoindre.

– Quoi ?

– Y a un monsieur qui va sonner à la porte. Faut surtout pas faire de bruit.

– Pourquoi ?

– C'est un méchant vautour. S'il nous trouve, il va tout nous piquer. La télé, la voiture et même tes jouets.

La sonnette retentit. Mouche amorce un grondement. Chut ! Encore un instant et on frappe à la porte. Trois coups rapprochés. Puis deux plus forts, qui font sursauter Zoé.

– Papa, chuchote-t-elle, faut qu'on se cache !

– On est déjà cachés.

Figuette devine des pas dans l'allée ; un courrier

glissé dans la boîte aux lettres ; une portière qui claque. Tous trois restent figés jusqu'à ce que la voiture s'éloigne.

Figuette a besoin d'un café et d'une clope. Il met de l'eau à chauffer, sur le camping-gaz.

Il s'installe au volant du Kangoo jaune, dans une odeur de tabac froid. Son paquet est vide. Il l'écrase et le jette par-dessus son épaule. Il ouvre la boîte à gants, retourne son contenu. Un doute l'envahit. Et si… Quel con ! Il avait tellement de choses à penser qu'il a oublié de faire le plein de cigarettes.

Zoé s'est levée deux fois cette nuit. Les yeux collés, elle a divagué dans la pièce, s'est cognée dans la tente, a renversé un pot de fleurs. Elle marmonnait maman-pipi maman-pipi. Aux questions de son père, elle répondait à côté et en italien.

– Il cavallo ha mangiato tutta la torta al cioccolato.

– Tu racontes quoi ?

– A causa della fragola che si è persa in piscina.

Il l'a posée sur les toilettes, où elle s'est endormie sans faire une goutte.

Pour se rassurer, Figuette consulte Messenger vingt fois par jour. Elle s'est connectée trente-sept minutes plus tôt. Pourquoi elle ne réagit pas à mes posts ? Ils font craquer tout le monde, pas possible qu'elle s'en moque. Sur Facebook, il n'a jamais reçu autant de likes. Les photos de vacances d'une gamine, c'est le succès assuré.

Les derniers mois avant la fugue, ils ne communiquaient plus que par textos. Une fois de plus, il remonte le fil de leurs échanges, cherche des indices de ce qui se tramait.

18 janvier 23 h 17, Moïra :

T'es où ? Question bête, encore avec tes potes.

7 janvier 19 h 34, Moïra :

T'as oublié le pédiatre. Si ça t'intéresse, ta fille a une otite et elle a grandi de 2 cm.

1er janvier 2 h 43, Moïra :

Bonne année.

Courroie qui siffle, pot qui pétarade : Piccio se gare devant la maison. Il attrape un carton dans le coffre et le cale sous son bras. De sa main libre, il ouvre sa braguette, regarde à droite, à gauche, et pisse sur le laurier. Enfoiré, se dit Figuette, l'œil collé au judas. Surtout te gêne pas. Piccio secoue la goutte, rentre son spatz et jette sa clope. Quel gâchis, il en restait la moitié.

Il transporte les robots ménagers à la cabane abandonnée. Figuette en compte onze. Coco a bien bossé cette semaine. Mais il s'en fout. Il ne se sent plus concerné. Qu'elle crame cette putain d'usine, et qu'on en parle plus.

Figuette n'a pas fumé de la journée. Des années que ça ne lui était pas arrivé. Même malade, il pompe à en cracher ses bronches. Celle d'après-manger a toujours été sa préférée. Ce midi, il en a bavé. Trouver de quoi fumer tourne à l'obsession. Piccio parti, la clope reste sur le trottoir. N'y pense pas, c'est trop risqué. Y a pas un chat dehors, je pourrais la choper en trois pas. Déconne pas, ça vaut pas le coup.

Pour le dîner, ils partagent un petit déjeuner. Des tartines grillées et un chocolat préparé avec de l'eau chaude, comme celui des fins de mois.

– Faut que tu manges, Zoé.

– J'arrive pas, ça fait mal dans la gorge.

– Je t'avais dit que t'allais tomber malade. Tu m'as pas écouté, comme d'hab.

– Non, t'as pas dit.

– Tu te fous de moi ? Je t'ai pas dit de t'habiller ?!

– Non.

Un Aspégic, pipi, les dents et au lit. Il allume la télé, coupe le son. Ces bouches muettes qui remuent, ça le détend. On dirait des poissons rouges en train de gober de l'air. Après une mauvaise journée, se poser devant la télé-aquarium, zapper et ne plus penser. Il fait plusieurs fois le tour des chaînes, mais y a jamais rien. Il ferait mieux de lire, se dit-il. Il a emporté un tas de romans, n'en a ouvert aucun. Parfois, il a des fringales de lecture, en dévore trois quatre dans la semaine, puis plus rien pendant des mois. Chez lui, aucune bibliothèque. Les livres, disait son père, ça s'expose pas, c'est pas des trophées. Les poches s'entassent dans des cartons au grenier.

Son père lisait rarement pour se divertir ; pas même *France Football* ou le programme télé. Figuette ne l'a jamais vu ouvrir autre chose que Marx, Engels ou Lénine. Chaque dimanche matin, à l'heure où d'autres se rendaient à la messe ou à l'apéro, son père s'installait à la table de la cuisine. Équipé d'une loupe et d'une encyclopédie, il reprenait sa lecture là où il l'avait laissée le dimanche précédent. Et malheur à celui qui le dérangeait. Dix pages chaque dimanche, pas une de plus. D'après lui, c'était la quantité idéale de matière révolutionnaire qu'un homme pouvait assimiler en une séance.

À la maison, un embargo sur Hollywood. Les Ricains nous ont pas libérés, mais colonisés. C'est les Russes qui ont libéré l'Europe, l'histoire nous ment. Walt Disney, le mal absolu. Blanche-Neige et Mickey, des armes pour laver le cerveau des enfants et étendre l'empire.

Seul Charlie Chaplin trouvait grâce à ses yeux. Quand Figuette avait quatre ans, ils étaient allés voir *Le Kid* au cinéma. Tu te rappelles, tu riais tellement que tu tenais pas en place. T'avais volé la vedette à Charlot, toute la salle se poilait en te regardant sauter sur ton siège ! Figuette était trop petit pour s'en souvenir, mais afin de ne pas décevoir son père, il prétendait le contraire.

Il éteint la télé.

L'appel de la nicotine. Les poumons en laisse.

La voie est libre. Il entrouvre la porte avec précaution. Trois pas jusqu'au trottoir. Elle est où cette clope ? Je suis sûr de l'avoir vue tomber juste là. Il quadrille la zone. On y voit que dalle. Il hésite à aller chercher une lampe de poche quand, sous un réverbère, une ombre s'allonge. Figuette se précipite à l'intérieur.

Sur le trottoir d'en face, Pop. Qui d'autre, à cette heure ? Avant de s'asseoir sur son banc, l'ancien se touche les parties : une superstition héritée de ses oncles. Quand il croise une religieuse, il lui faut se les toucher et cracher par-dessus son épaule gauche, sinon maledizione.

À la lueur de son briquet, il inspecte un cigare

Toscane, noir et tordu, puis l'humidifie dans sa bouche. Une entaille au cutter et il le fait craquer comme du petit bois.

Une maison, prétend-il, c'est rien que pour pioncer. Quand Pop n'est ni au Spoutnik ni dans son jardin, il lit *L'Huma* sur son banc. Avec son copain Tatta, ils passaient des journées entières à parier sur les voitures qu'ils entendaient au loin. La R11 de l'Aldo ? Stronzo, c'est la Clio du Fochetti ! T'entends pas le cardan qui claque ?

Une autre époque, où il y avait encore des bancs publics dans la cité. Tout le monde dehors. Les mammas tricotaient, les hommes jouaient aux boules, aux cartes.

De nos jours, regrette Pop, les rues, elles sont désertes. Chacun chez soi, devant la télé ou l'Internet. Faut un événement pour les faire sortir.

Ils sont passés où les mioches ? Les cache-cache des soirs d'été ? Les marelles dessinées à la craie sur le macadam ? Les billes, les cordes à sauter ? Les genoux écorchés et le Mercurochrome ?

Et les cabots ? Ceux qui faisaient leur vie, sans patron ni collier. De bons corniauds, pas comme ces clones de concours, qui valent trois mois de salaire et qui ont des arbres généalogiques plus longs que le mien.

Les bancs, on les démonte pour empêcher les jeunes de s'y rassembler. Font rien de mal, mais ça fait désordre. Ceux qui ne sortent plus de chez eux se plaignent. Avec leurs casquettes, les gamins ressemblent aux racailles du journal télé. S'ils traînent dehors, c'est forcément qu'ils préparent de mauvais coups.

J'espère que leurs vacances se passent bien, se dit-il en regardant la maison de Figuette, il en a besoin le Poète. Depuis que sa femme s'est tirée, il pisse en bégayant. C'est pas mes échalotes, mais elle a toujours eu un grain la petite des Tatta. Un soir, alors qu'il avait sifflé trop de kérosène, le gamin avait chialé comme pas possible. Je suis sûr qu'elle me trompe, qu'il m'avait dit. Je peux pas lui reprocher, ça fait une éternité que je la touche plus. Pop, toi qui la connais depuis toujours, tu saurais pas quelque chose ? Elle se tape quelqu'un ? Dis-moi.

Un vrai interrogatoire, qu'il m'avait fait. Il m'avait vexé, on a pas idée d'accuser les gens comme ça. Tu me prends pour qui, Fighetti ?! Porca puttana, ma parole que je toucherais jamais à la femme d'un camarade !

Un pet. Silencieux, ravageur. Mouche renifle son derrière, puis va se coucher plus loin. La première crotte, il la pose sur sa litière. C'est bien, mon Moucheron, bon garçon. Figuette n'a pas fini de ramasser les journaux que le chien se remet à tourner, son moignon de queue en l'air. Non non, attends ! Trop tard. Penaud, il regarde son maître, l'air de dire je sais que c'est mal, mais je peux pas me retenir.

Une infection. Il jette les journaux dans la fosse septique, quand Zoé s'écrie : Papa papa, y recommence ! Cette fois Mouche en coule une devant la tente. Jaune, liquide, avec des glaires comme des grumeaux.

– Dis-moi que tu lui as pas donné de la glace.
Elle lève les bras au ciel :
– Ben je sais pas moi.
– Comment ça ? Tu lui en as donné ou pas ?
– M'en souviens plus.
– Mais tu sais que ça lui fout la chiasse !
– C'est pas ma faute ! C'est lui qui a demandé !

Le reste de la matinée, Figuette la passe à suivre le chien à la trace. Il déplace la caisse percée pour vider les journaux directement dans la fosse septique. Curieuse, Zoé veut voir au fond du regard. T'approche pas, il manquerait plus que tu tombes dedans. Le chien pue, ça dégouline sur ses pattes. Il l'attrape par le collier et le nettoie au jet d'eau.

Figuette s'isole dans la voiture, rêve d'une cigarette, puis il ferme les yeux. Quand il se réveille, Zoé rince son doudou avec le tuyau d'arrosage.
– Mais tu fais quoi encore ?
– Ben je le lave, il a fait caca.
– C'est pas un jeu. Je t'ai dit de pas t'approcher, c'est dangereux !

En refermant la trappe, il aperçoit des trucs flottant dans la mélasse : quatre ou cinq peluches et une poupée Barbie.

– Je leur ai dit de pas s'approcher, mais y m'ont pas écoutée et y sont tombés.

Une claque sur les fesses. Son geste le surprend autant qu'elle. Zoé hurle. T'as pas le droit de taper ! Je vais le dire à Nonna ! Mouche s'interpose, grogne après Figuette. Oh ! Tu vas pas t'y mettre toi aussi. Vous commencez tous à me gonfler !

143 commentaires. 37 partages. 52 J'aime. 24 J'adore. 77 haha. 11 waouh. 84 triste et 139 grrrr. Tout ça pour la vidéo d'une gamine jouant à rouler une cigarette. Sur Facebook, Figuette a 72 amis. Qui sont tous ces gens ? Pourquoi sont-ils autant remontés contre lui ?

Premiers commentaires des potes :

Bolchoï : Elle a de qui tenir !

Nourdine : Trop forte ta fille ! Par contre vous avez pas de soleil ou quoi ?? Elle bronze pas beaucoup pour une Ritale.

Piccio54 : Mdr ! Lui manque plus qu'une binouze !!!

Le ton change avec un commentaire de la sœur de Piccio :

Steph Picciolini : Et ça vous fait marrer ?? Bande de débiles, vous êtes graves.

Puis la vidéo est partagée par des mamans de l'école :

Marie Kovack : Quel exemple ! Honte à vous ! GRRRR !!

Fatima S : Autant lui filer directement un cancer…

Virg33 : Et pourquoi pas une seringue ??!

Sa première réaction est de supprimer la vidéo. Il hésite, résiste. Allez bien vous faire cuire le speck.

À la lumière de son portable, Figuette éventre les mégots, sépare le tabac des déchets. Il a vidé le cendrier sur le tableau de bord. Ses doigts sont noirs de cendre. Pas moyen de mettre la main sur un paquet de feuilles à rouler. Son regard se pose sur un rouleau de papier cul. Il déchire une feuille, y pose des miettes de tabac et roule le tout. On dirait un pétard, si ce n'est qu'il est rose. Il l'allume et dès la première taffe, la moitié part en fumée. Le papier est parfumé à la lavande ; il tousse. C'est dégueulasse, mais c'est bon. Le papier se décolle ; il remet un coup de langue. Une nouvelle taffe et la tête lui tourne comme quand il fume le ventre vide.

Arrête de chialer. Allez, reprends-toi. T'avais promis à ta fille des vacances de rêve. Alors lâche pas. Quoi ? C'est trop dur, ta femme donne toujours pas de nouvelles. Comporte-toi en bonhomme, t'as trente piges ! Tu savais bien que c'était pas gagné. Tu croyais quoi, qu'avec trois photos de vacances elle allait rentrer et te sauter au cou ? Tout oublier, peut-être ? Que t'as pas été foutu de lui offrir un seul Grand Flash depuis Zoé ? Et pis toutes ces fois où tu la laissais se taper tout toute seule ? Les courses, le ménage, la gosse. Arrête de chialer, ce qui est fait est fait. Maintenant, faut que tu te battes, tu m'entends ? Si tu le fais pas pour Moïra, fais-le pour Zoé. C'est à cause de toi qu'elle a plus sa mère. Elle demande de l'énergie cette gosse, mais avoue que tu la biches. Vous vous marrez bien tous les deux. Alors fais-la rêver. Sors-lui le grand jeu, t'as encore des cartes dans ta manche. Tu vas y passer la nuit s'il le faut, mais demain matin, elle va voir ce qu'elle va voir. À partir de maintenant, tu lâches plus rien. Tu m'entends, tu lâches rien.

De la grosse corde orange, maraudée sur un chantier. Autour du cadre, des nœuds de batelier. Surtout, bien gérer la tension. Au deuxième passage de chaque ganse, un nœud de tisserand. Une rangée à droite, une autre à gauche. C'est interminable, mais il se débrouille bien mieux qu'avec les tresses de Zoé. Arrivé en bout, une demi-maille et un nœud de cabestan. Voilà, le filet est prêt.

Il le capitonne avec des matelas en mousse glanés à la déchetterie. Ça devait ressembler à une sphère, mais c'est plus allongé, un gros œuf.

Au petit matin, il le fixe au plafond à une poutrelle en acier.

Sur la face extérieure, entre les mailles, il glisse des feuilles de fougère pour faire une sorte de plumage végétal. Il fait deux pas en arrière : mon chef-d'œuvre.

Dans la tente, ça renifle, ça toussote. Elle est réveillée.

– Zoé, viens voir par là !

Des grognements.

– Allez viens, vite !

Elle sort à quatre pattes, les cheveux en pagaille, le nez plein de schnouffe.

– C'est quoi ?

– Tu reconnais pas ?

– Non.

– Ben c'est un nid ! Un nid de Marsupilami !

Elle fronce les yeux, cherche à comprendre.

– Tu vas pas me croire, mais pendant que tu dormais on a eu la visite d'un Marsupilami. On a sympathisé et il m'a demandé si ça nous dérangerait pas trop qu'il fasse son nid dans notre camping. Pas de problème, que je lui ai dit, à condition que tu invites ma fille à prendre le petit déjeuner !

Zoé commence à entrer dans l'histoire. Ses yeux s'ouvrent grand.

– Viens, on va voir s'il est chez lui !

Figuette l'aide à monter à la petite échelle en bois. Fébrile, elle hésite sur le troisième barreau. Ce n'est pas l'appréhension du vide, mais celle de la rencontre. Trop d'émotion, comme au moment de monter sur les genoux du Père Noël. Sa lèvre tremble, mais la curiosité l'emporte.

Pour entrer dans le nid, un trou étroit, tout rond. Il fait sombre là-dedans, elle hésite de nouveau. Son père lui tend une lampe de poche.

– Le Marupalimi ! Le Marupalimi est là ! dit-elle en apercevant la peluche.

La maison sentait le vieux. La mère Menichetti venait d'être placée en Ehpad ; son fils avait laissé les clés à Moïra pour la visite. Ils auraient pu faire le ménage, s'était-elle dit. De la poussière, des crottes de souris. On devinait l'emplacement des anciens meubles à la décoloration des cloisons. À l'étage, deux chambres et un cagibi, de la moquette bleue, du simple vitrage aux fenêtres. La même vue que dans la maison de son enfance : les jardins, le ruisseau où elle avait construit tant de barrages.

Qu'est-ce qu'il fout ? On avait dit 18 heures. Elle avait essayé d'appeler Figuette, était tombée sur son répondeur.

Zoé avait une angine. Mère et fille venaient de

se taper deux nuits blanches. Ronchon, fiévreuse, la petite crisait dès qu'elle la posait au sol.

Moïra était sans cesse inquiète. La peur de mal faire, de ne pas bien interpréter ses pleurs. Sa fille mangeait-elle suffisamment ? Elle se tient toujours l'oreille ; c'est bizarre, non ? Et son nombril, c'est normal qu'il ressemble à un gros gnocchi ?

Fais confiance à ton instinct maternel, lui conseillaient Wanda et Coralie. Instinct de mon cul, répondait Moïra. Je préférerais qu'on me donne le mode d'emploi. Tu fais tout comme il faut, lui affirmait sa grand-mère. Mais non, s'emportait-elle, et la gosse le ressent bien ! Elle me regarde jamais dans les yeux. Je suis sûre qu'elle me déteste. Quand je lui donne le biberon, elle fixe le plafond. Si ça se trouve, elle est autiste.

Quand Figuette était enfin arrivé, elle lui avait tendu Zoé. La gosse avait refusé d'aller avec son père. Dans un geste d'agacement, Moïra avait remonté son bas de jogging. Son corps l'avait de nouveau trahie, elle le planquait sous des fringues informes. Depuis sa grossesse, son ventre était couvert de vergetures : des balafres verticales allant du rose au violet. Regarde pas, disait-elle à son mari, on dirait un zèbre albinos. Le plus cruel, c'était cet excès de peau. Debout, ça se tenait à peu près, mais quand elle s'asseyait, son ventre se fripait comme le cou de sa grand-mère. Elle attrapait le bourrelet à pleine main, s'imaginait le trancher au rasoir.

Figuette ne voulait pas de cette maison. Emménager dans la Caserne, c'était un coup à avoir la mère Tatta en permanence sur le dos. Pour Zoé ce serait pratique, avait argumenté Moïra, on pourrait économiser la garderie. Il faut que je retourne travailler, je vais devenir dingue dans ce studio.

Tous les quatre dans vingt-cinq mètres carrés. Zoé dormait dans leur lit, Mouche dans la salle de bains. Pas une seconde d'intimité. Quand elle pissait, le chien ne la quittait pas des yeux.

Elle avait gardé le sous-sol pour la fin.

– Tu pourrais en faire ton atelier.

Figuette n'avait pas relevé. Il avait jeté un œil à la chaudière : une antiquité. Côté garage, une trappe l'avait dérangé. Quelle idée d'avoir mis le regard de la fosse septique à l'intérieur. Quand il pleut, ça doit sentir.

– T'aurais toute la place pour te remettre à nous fabriquer des soirées.

Dans son regard, un éclair espiègle. Il ne pouvait rien refuser à son sourire canaille. Il l'avait prise dans ses bras.

– Tout est à retaper, avait-il dit. La plomberie, l'électricité, et surtout la déco. T'as vu la tapisserie dans la cuisine ?

– Tout ce que tu veux, mais tu touches pas aux tournesols ! J'adore, on dirait des soleils.

Elle l'avait embrassé et il s'était souvenu du goût de ses lèvres. D'abord tendrement, puis elle avait fait ce truc avec sa langue, et il avait su ce dont elle avait envie. Arrête, on peut pas, pas avec Zoé... Elle avait redoublé de vigueur et caressé sa braguette. Cette dernière n'avait pas gonflé et Moïra s'était détachée de lui, vexée.

– Te fâche pas, c'est juste que c'est pas le moment.

– C'est jamais le moment !

Elle avait tiré sur son jogging, posé Zoé par terre et s'était allumé une cigarette.

– Tant pis, j'me branlerai en rentrant.

C'était sa provocation du moment. À tout bout de champ, même en société, elle racontait ses parties en solitaire. T'as fait quoi aujourd'hui ? Je me suis branlée deux fois. C'était trop bien. Elle parvenait depuis peu à se donner du plaisir toute seule et ne lâchait plus son nouveau jouet. Elle s'était commandé toute une panoplie de sex-toys, qu'elle appelait ses amants. Pour mettre Figuette mal à l'aise, elle les laissait traîner partout dans le studio. Dans son bain, Zoé aimait jouer avec l'un d'eux, un petit canard vibrant. Tu devrais pas la laisser jouer avec ça. Pourquoi ? Il est propre, je l'ai lavé.

Il ne la touchait plus et elle en souffrait. Elle avait pourtant tout fait pour éviter d'en arriver là. Elle avait même refusé qu'il assiste à l'accouchement.

– Qu'est-ce que tu racontes ? Ça se fait pas que le père soit pas présent.

Quand elle était malade, qu'il s'agisse d'un simple rhume ou d'une gastro, elle le chassait de l'appartement. Il devait toujours la voir sous son meilleur jour, c'était la clé du désir.

– Je dois être à tes côtés pour la naissance du

gremlins, c'est normal. Qu'est-ce que vont dire les gens ?

– Je refuse que tu me voies comme ça. Défigurée par la douleur, à me faire dessus, pendant qu'un toubib me découpera à coups de scalpel !

Elle avait insisté et il avait cédé, ne s'en plaignant que pour la forme, car en réalité ça l'arrangeait.

Les yeux tout gonflés de sa sieste, Zoé demande à se baigner. Figuette monte dans la salle de bains et remplit deux seaux d'eau bouillante, pour les vider dans la piscine gonflable. Il longe les murs, se dissimule comme un voleur. Les volets sont à demi clos, mais par précaution il rampe sous les fenêtres. Il n'est pas fier d'avoir à se cacher chez lui. Dehors, le soleil et la canicule de juillet. Dans la cave, grosses chaussettes et polaires. De quoi se sentir encore moins fier.

– Papa, c'est quand qu'on remonte à la maison ?

– Pourquoi tu veux rentrer ? Il nous reste encore une semaine.

– Je veux plus jouer aux vacances.

– On est pas bien, là ?

– C’est pas drôle les vacances !

– Mais si, tu vas voir, j’ai prévu encore plein de surprises.

– La prochaine fois, on pourra partir pour de vrai ?

– Ça veut dire quoi pour de vrai ? C’est rien que ça les vacances. Se reposer, faire des jeux, aller à la pêche, se baigner…

– Oui mais je veux plus faire pour de faux.

– Dis pas ça. C’est pas vraiment pour de faux.

– Mais…

– Basta, Zoé, tu te rappelles ce qu’on avait promis-juré-craché ? Tu diras pas que c’était pour de faux. À personne, surtout pas à maman. Si on te demande, tu diras qu’on était dans un vrai camping. Tu jures ?

Le soir, Zoé demande s’ils peuvent dormir dans le nid.

– Je sais pas, faut voir avec monsieur Marsu.

Dès qu’ils sont couchés, le chien pleure sous le nid. Allez, mon Moucheron, grimpe ! Il se dresse pour atteindre l'ouverture, à peine plus large que sa grosse tête, pose ses pattes avant dans le trou puis se hisse en dandinant.

Le lendemain, repas, sieste, coloriage : la gosse refuse de quitter le nid. Figuette doit s'y engouffrer avec un gant et une savonnette. Pour la coiffer, la crise. Elle veut à tout prix une tresse. Il échoue. Elle réclame sa maman. Il lui met un dessin animé.

14 degrés, en pleine journée. Figuette a démonté le radiateur, mais pas moyen de trouver la panne. Le froid ramollit toute la ménagerie. Sauf la grenouille, qui coasse davantage depuis que Mouche lui fout la paix. Les canaris, par contre, ont cessé de chanter. Perchés dans le palmier en papier mâché, ils ne voltigent plus, se contentent de gonfler leurs plumes pour se tenir chaud. La fièvre de Zoé est tombée, mais elle a la voix d'une fumeuse de Gitanes. Mouche boude ses croquettes, passe des heures à regarder dans le vide. À quoi tu peux bien penser, mon Moucheron ? Je me demande si ça t'arrive de rêver. Pour le remonter, Figuette lui promet de grandes balades. On ira jbadouler

sur les friches de Micheville, t'adore y courser les renards.

Depuis que l'usine a été rasée, des hectares de toundra où la nature reprend ses droits. Tout le monde y trouve son compte : promeneurs, vététistes, chasseurs, gens du voyage. Sans les dépôts sauvages d'ordures, ce serait un petit paradis. Gravats, pots de peinture, canapés éventrés. Des montagnes de déchets de dizaines de mètres de long, déchargés de nuit par des camions venus du Luxembourg. De l'autre côté de la frontière, une croissance économique sans précédent, ça construit de partout. Et qui dit chantiers, dit déchets. Pour économiser trois sous, entrepreneurs et particuliers se déchargent en France. Pour faire bonne figure, le Grand-Duché n'a rien trouvé de mieux que d'acheter des terrains côté français, afin de polluer en toute légalité.

Au cœur de Micheville, une falaise s'étire en croissant de lune. C'est l'ancienne mine à ciel ouvert. Le Canyon, comme on dit ici. Car avec sa roche rouge et sa végétation atrophiée, l'endroit rappelle le vrai, l'américain. On dirait qu'on était des Apaches. Combien de fois à confectionner des arcs et des flèches, avec Nourdine et Piccio. Personne ne voulait le rôle du cow-boy. Dans la paroi du Canyon, face à la tour de chevalement rouillée, une galerie de mine abandonnée. Pour y accéder, un pas d'escalade. La roche est friable, gaffe aux éboulis. Ils l'avaient explorée, toujours plus loin, avec des torches imbibées d'essence. C'était leur caverne. En été, ils y campaient. Des patates dans la braise, des merguez, déjà. Plus tard, les premiers pétards, et les filles. Seuls sous la lune, ils hurlaient comme des loups. L'écho se multipliait dans les galeries, toute une meute avec eux. Du haut de leur nid d'aigle, ils dominaient le monde et personne ne se doutait de leur existence.

Une moto.

À travers son judas, Figuette observe Nourdine qui descend de son engin. Trop petite pour lui cette 125, on dirait un catcheur sur un tricycle. En voulant mettre la béquille, il manque de la faire tomber. Il regarde autour de lui, soulagé que personne ne l'ait vu.

– Pourquoi tu ris ? demande Zoé depuis sa pataugeoire.

– Fais moins de bruit, chuchote-t-il, y a les canaris qui font la sieste.

Pour rejoindre son potager, Nourdine contourne la maison. Au moment où il passe devant le garage, Figuette se recule du judas. Les oreilles de Mouche se dressent. Chut ! Un bourdonnement sourd dans la gorge du chien et Figuette accourt. Mouche, tu te tais !

Excitée, Zoé se met à rire et à frapper l'eau avec son arrosoir. Son père l'interrompt en faisant les gros yeux. Le sentiment d'injustice déclenche chez elle d'irrépressibles sanglots. Sa lèvre inférieure grimpe sur celle du dessus et son menton tremble comme une ablette. Non non, pleure pas. Il la prend dans ses bras. Le jeu du silence ? Tu te rappelles le jeu du silence ? Le premier qui fait du bruit a perdu.

Bien essayé, mais plus rien à faire : les vannes sont ouvertes.

Ça va, c'est rien, dit-il, c'est rien. Il cherche à se rassurer. Si elle pleure, Mouche va aboyer. Et si Mouche aboie, elle va pleurer encore plus fort. Il se crispe. Nourdine se trouve juste de l'autre côté de la porte.

Le petit corps gigote dans ses bras. Doucement, Zoé. Maintenant elle se débat de toutes ses forces. Arrête ça ! Ses poumons sifflent, toussent, ronflent. Il baisse les yeux et c'est là qu'il la découvre. Sa main. Sa main sur le visage de sa fille. Énorme, sa main. Elle lui mange le visage, l'empêche de respirer, ne laisse qu'un œil révulsé percer entre ses doigts.

Qu'est-ce qui se passe ? Pourquoi t'es toute rouge ?!

Effaré, il observe cette main qui étouffe sa fille, comme si c'était celle d'un étranger.

Respire ! Respire !

Ensuite il panique s'excuse la couvre de baisers et encore d'excuses et encore de baisers.

C'était quoi, ça ? Je voulais juste qu'elle se taise. Bravo, t'as bien failli la faire taire pour de bon. Et la prochaine fois, tu vas la cogner ? C'était un accident. Un accident ? Tu ressembles de plus en plus à ton père. Paraît que c'est héréditaire, ces trucs. Non ! Je suis pas comme lui ! Si, tu vaux pas mieux que ce fils de pute. Tout aussi toxique. T'avais promis de te racheter, mais t'as fait qu'aggraver les choses. J'ai rien aggravé ! Elles sont bien nos vacances ! Ça, des vacances ? Réveille-toi. La vérité, c'est que tu séquestres ta fille dans une cave. Tu réalises que si ça se sait, ta gosse finira à la Dass ? Jamais ! Je les laisserai pas me la prendre ! Alors fini les conneries. Elle est malade comme un chien et vous avez plus rien à bouffer. Arrête ton délire avant que ça tourne mal.

Il doit se rendre à l'évidence : tout ce cirque, c'est pour lui, et rien que pour lui qu'il l'a créé.

Sous couvert d'offrir des vacances de substitution à Zoé, il s'est aménagé une planque. Un bunker, pour se couper du monde extérieur.

Ces derniers mois, sa vie n'a été qu'une succession de coups durs, de corvées et d'accablantes responsabilités. Chaque jour, des problèmes à traiter, des décisions à prendre. Il était au bord de la crise de nerfs. Au rayon céréales, il pouvait rester tétanisé ; même plus la force de se décider pour des Miel Pops ou des Chocapic.

Quant à l'usine, y travailler ne se résumait plus qu'à subir le mépris de la hiérarchie, l'humiliation des salaires en retard qu'il fallait mendier, le sentiment général d'absurdité et d'inutilité.

En réponse à cette débâcle, il n'avait rien trouvé de mieux que ce simulacre en carton-pâte. Quand l'idée lui était venue, il avait ressenti un réconfort immédiat. La possibilité de tout mettre sur pause.

Se requinquer loin des soucis et des lendemains anxiogènes. S'offrir le luxe d'une parenthèse qu'il serait libre d'occuper à sa guise : siester, lire, jouer, rêvasser…

Confinés comme des Robinsons, sa fille et lui se sont rapprochés, ont vécu des moments inoubliables. Mais le temps est venu de mettre fin à cette mascarade. Devoir quitter son refuge lui fait grandir une boule dans l'estomac. Il éprouve de la terreur à retrouver le monde et sa routine furieuse.

Asphyxie. Nausée. Puis les larmes, violentes, des spasmes.

C'est pas le moment pour une crise d'angoisse. Concentre-toi sur ta respiration. Inspire avec le ventre. Souffle par le nez. Oui, c'est ça. Encore une fois. Inspire. Expire. Sens l'air frais entrer par les narines. Et maintenant l'air chaud sortir par la bouche.

En pleurs, Zoé se tient devant la voiture.

Figuette sèche ses joues. La petite s'avance. Timidement, comme un chaton qui viendrait manger dans la main d'un homme.

– Papa, pourquoi tu pleures ?

Il voudrait lui répondre, mais ne trouve pas les mots.

– Et toi, Zoé, pourquoi tu pleures ?

– J'ai fait un cauchemar.

– Mince, t'as encore rêvé de Macron ?

– Non, t'avais piqué ma bière et tu voulais pas me la rendre !

– Mais t'es une enfant, tu bois pas de bière…

Tous deux partent en fou rire.

– Quel méchant papa tu as, il te pique même tes bières !

Au petit matin, des coups de pioche dans le jardin. Nourdine a dormi dans sa cabane et Figuette n'aime pas le savoir si proche. Être découverts le dernier jour des vacances, ce serait stupide. C'en est fini des fausses vacances, promis. Ras le bol d'avoir à se cacher, d'avoir froid, il voudrait déjà être à demain. En attendant que Nourdine parte travailler, il met un dessin animé et donne un Malabar à Mouche. Vers 9 heures, il décide de l'appeler au téléphone.

– Comment que c'est Nounou ? Tu fais quoi ?

– Je ramasse mes patates.

– Tu travailles pas ?

– Karima a emmené les gosses chez sa mère, j'en ai profité pour poser quelques jours.

– Et tu comptes rester dans ta cabane ?

Une résidence secondaire, la cabane de Nourdine, sa respiration. Resserrer l'espace pour desserrer la cravate, comme il dit. Quatre murs en tôle ondulée, passés au goudron pour les protéger de la rouille. Les carreaux de la fenêtre sont rafistolés avec du scotch. Un poêle à bois pour les nuits fraîches, une casserole percée pour griller les châtaignes. Sur les étagères, cafetière et lampe à pétrole. Et sous le plancher, une baignoire enterrée, pour stocker les patates et les bières.

Depuis sa couchette, un seul regard lui permet d'embrasser tout le nécessaire, rien que le nécessaire. Un plan B, au cas où il lui faudrait tout plaquer : son job de banquier transfrontalier, cette maison trop grande, trop remplie, pour laquelle ils se sont indécemment endettés. Suffirait de faire une chambre pour les garçons. Ils seraient bien tous les quatre, ils prendraient leurs repas tous ensemble, car manger serait rigolo comme jouer à la dînette. Il n'y aurait pas de télévision, pas de montagnes de jouets qu'on range tous les soirs, pour les voir réapparaître sur le sol le lendemain ; pas de colères pour échapper au bain ; pas de négociations interminables à l'heure de se coucher.

Ils ne vivront jamais dans cette cabane, il le sait bien. Mais cette pensée le réconforte quand il est coincé dans les bouchons, sur l'autoroute du Luxembourg, chaque matin, et chaque soir, avec plus de 70 000 autres frontaliers.

Nourdine a fait l'école hôtelière. Difficile, la vie de famille, quand on travaille les soirs et les week-ends. Karima l'avait pistonné pour un poste au sein de sa banque. Sans qualifications et sans expérience, au Luxembourg, le profil et les recommandations passent avant les diplômes. Dans ces banques internationales, point de guichet, rien que des bureaux et des ordinateurs. Back-office, Nourdine passe ses journées à entrer des sommes abstraites sur son ordinateur, virées d'un compte à un autre. Le bas de l'échelle, son poste, pourtant d'entrée il a vu doubler son salaire. Neuf ans plus tard, avec l'ancienneté, les allocations luxembourgeoises, les primes et le treizième mois, il n'est pas loin de toucher trois smic français. Karima occupe un poste à responsabilités dans la même banque.

Elle en gagne plus de quatre et ne parvient jamais à expliquer ce qu'elle fait. C'est compliqué, dit-elle en se pinçant la bouche, disons que je fais la jonction entre des fonds d'investissement et des clients qui souhaitent acheter ou placer des produits.

Pour les enfants, ils fonctionnent en horaires décalés. Karima se lève à 5 heures, afin de rentrer tôt. Nourdine les dépose à l'école et arrive à temps pour le repas du soir. Avant de se coucher, Karima fume son unique cigarette de la journée, lui fait un câlin et le chasse de la maison. Tombe la cravate, file dans ton jardin ou au bistrot, je m'en cogne du moment que demain tu lèves les enfants dans la bonne humeur. Elle le ménage, car il n'est jamais loin de craquer. Sur la route, il l'appelle. Coucou ma chérie. Non, rien de spécial. Je voulais juste te dire que tout va bien. Je suis coincé dans les bouchons, comme d'habitude. Mais c'est pas grave, dans trois jours c'est samedi. On pourra aller au centre commercial dépenser tout le fric qu'on a gagné.

Faire un job vide de sens, ça lui en coûte. Mais moins que de vivre dans ce lotissement où il ne s'est pas fait un copain. Leurs voisins, pour la plupart frontaliers, discutent foot mais jamais politique. Ils critiquent tout, mais ne s'investissent dans rien. Les prix des terrains ont flambé. Leurs maisons, les frontaliers les construisent les unes sur les autres. Pour s'isoler du vis-à-vis, ils élèvent des murs, des haies comme des barricades. Le dimanche, ils lavent leurs grosses voitures et tondent la pelouse. Le rêve américain.

Les premiers temps, Nourdine s'était laissé griser par son job. Un SUV neuf, une moto, puis un coupé BMW. Il débarquait au Spoutnik en costume trois pièces, offrait des tournées en racontant le restaurant du midi et les vins hors de prix. Pop s'était chargé de le faire redescendre sur terre. Ton père serait fier de toi, Kharbouch, lui qui s'est tué à vous sortir de la misère. Tes collègues et toi, vous vous la racontez avec vos costards de maquereaux, mais moi je vais vous dire ce que vous êtes. Des petites…

– Doucement, Pop, avait tempéré Alain.

– Laissez-moi finir, bande de fascistes. Vous êtes là, à vous soucier de rien d'autre que de vos petites personnes, à laisser disparaître tout ce pour quoi on s'est battus. Vous y allez de vos conseils boursiers, les placements intéressants, mais qu'est-ce que vous y connaissez ? Tu saurais même pas dire ce que tu fais de tes journées, mamaillou. Tu rentres des chiffres sur ton ordinateur sans savoir d'où il vient et où il va, ce sale pognon. Je suis bien content pour vous, que vos vies soient plus faciles que les nôtres. Mais pétez pas plus haut que votre boîte à Suchard. Car vous êtes pas si différents de nous. Des ouvriers, voilà ce que vous êtes. Les prolos des Luxembourgeois. Vous avez juste troqué nos bleus de travail contre des costards-cravates.

Ce soir, les potes font un barbecue dans le jardin de Nourdine. Assis sur le sol, l'oreille contre la porte, Figuette peut sentir les saucisses sur le feu et le tabac. Le Toscane de Pop, les blondes de Bolchoï et Nourdine, le pétard de Piccio. Ce qu'il ne donnerait pas pour une cigarette ! Plus un mégot dans la maison, il les a tous éventrés. Dans la journée, il s'est imaginé commander une pizza et promettre un gros pourboire au livreur contre un paquet de clopes. Débile, ce plan.

Plus que quelques heures à tenir. Quand la Caserne sera endormie, il ouvrira les volets, sortira la voiture du garage et tout le monde pensera qu'ils sont rentrés dans la nuit. Et il s'en foutra plein les poumons. Un saut au Luxembourg, la cartouche est deux fois moins cher qu'en France.

Il n'avait pas envisagé que la proximité de la cabane de Nourdine pourrait être un problème. Il a passé les dernières heures sur ses gardes, à surveiller le moindre bruit. Ils ont été si bien les premiers jours, coupés du monde. Un cocon. Les soucis à distance. Ça lui fait tout drôle que les potes se réunissent sans lui. Il est partagé entre l'agacement et l'envie de trinquer avec eux.

La voix de Bolchoï :

– Les salaires sont toujours pas arrivés.

– C'est pas la première fois qu'ils seraient versés en retard, dit Alain.

– Dix-sept jours, c'est plus du retard.

À l'évocation de l'usine, Figuette a le palpitant qui s'emballe. Il voudrait ne jamais avoir à y remettre les pieds. Mais faut bien bouffer.

– C'est dégueulasse, dit Coralie, y a plein de collègues qui sont en congé. Ça va gâcher leurs vacances.

– C'est pas un hasard, dit Bolchoï. Les Allemands vont profiter de l'été pour vider l'usine.

– Ce serait pas le moment d'utiliser la cagnotte ? propose Nourdine. Ça pourrait sauver les vacances de certains.

– On a pas encore assez, répond Coralie. Faudrait que l'usine tourne encore quelques mois.

– En parlant de vacances, dit Piccio, quelqu'un a des nouvelles du Poète ? Il ne poste plus rien sur Facebook.

– Il m'a appelé ce matin, dit Nourdine. Vite fait, il avait pas l'air d'avoir envie de ratcher.

– Il allait bien ? demande Wanda.

– Je sais pas. Tu le connais, on peut jamais savoir ce qu'il a dans la tête.

Figuette se lève. Atroce d'entendre les autres parler de lui. Il tourne dans la pièce, se cherche une bière, n'en trouve pas. Sur une étagère, une bouteille de Spoutnik, distillée par Alain : Mirabelle 1997. Du feu liquide. Deux rasades et il retourne à la porte.

– Pop, c'est réglé ton petit souci ? demande Bolchoï.

– Stai zitto.

Et il lui fait signe de se taire.

– T'as eu des problèmes ? s'inquiète Wanda.

– L'autre jour, raconte Nourdine, j'étais au boulot quand le vecchio m'appelle. Viens vite, qui me dit. Grouille, c'est une urgence. Moi je réfléchis pas, je rentre à toute blinde. J'arrive chez lui et...

– Kharbouch, pas devant les femmes !

– C'est bon, Pop, elles en ont vu d'autres. Je disais donc, j'arrive, et là vlà qui me tend un ordinateur. Efface-moi ça qui me dit, vite ! Mon petit-fils va bientôt rentrer du centre aéré. Sur l'écran du gosse, des dizaines de fenêtres pop-up ouvertes : rien que des spatzs et des nichons !

Figuette se marre avec les autres. Quel chtarbé, l'ancien. Une rasade à sa santé. La gnôle est bonne, lui donne encore plus envie de fumer.

– Tu voulais que j'appelle qui ? s'énerve Pop. Les autres stronzi, ils y connaissent rien à ces satanés engins. Si le Figuette avait été là, je lui aurais demandé. Au moins lui y sait tenir sa langue.

– Ça pour la tenir, dit Bolchoï. Pas une fois j'ai

réussi à le faire parler de Moïra. Wanda, y te dit quelque chose, à toi ?

– Non, rien de plus.

– Ça fait combien ? demande Coralie. Six mois ?

– Elle a toujours eu un grain à la tsouk, cette nana, dit Piccio.

– Ferme ta schness, Picciolini, dit Pop. Parle pas mal de la petite Tatta.

Dans la cave, des grandes rasades : le feu pour calmer le feu.

– Lui en veux pas, dit Wanda. C'est vrai qu'elle a toujours été spéciale cette petite.

– Tu le serais pas, toi, si t'avais pas connu tes parents ?

– Elle les a pas connus du tout ? demande Coralie.

– Elle avait pas un an quand ils se sont zoqués dans l'entrée du tunnel, juste avant la douane luxo, raconte Pop. Sa mère a clamsé sur le coup, ils l'ont retrouvée dans un arbre, la tête en bas. Son père a tenu quelques jours. Il se réveillait juste pour dire que c'était sa faute, qu'il s'était penché pour régler la radio.

– C'était encore des gamins, dit Alain. Les Tatta, ça leur avait foutu un de ces coups de grisou.

Le père Tatta avait hurlé comme une bête, insulté ce Dieu fasciste. Le lendemain de l'enterrement, sa femme l'avait botté hors du lit. C'est pas Hollywood, c'est pas lo cinéma. Y a personne qui va vénir nous souver. Y a doué petites qu'i zont plous qué nous. Tou crois qué quoi ? Qué c'est la Mary Poppins qu'elle va descendre dou ciel ?

Alors que les Tattaglia se voyaient sur la ligne d'arrivée, la vie leur en avait redonné pour un tour. Mais ils ne s'étaient pas débinés, ils les avaient élevées ces enfants. Moïra se comportait en invitée qui ne veut pas déranger, passait ses journées devant la télé. Si sa grande sœur changeait de programme, elle tapait, griffait. Une vraie furie. Menacer, punir, ça ne faisait que redoubler sa violence. Alors ils se relayaient pour la maîtriser.

En grande section de maternelle, elle s'était fait dessus. La maîtresse l'avait humiliée devant toute la classe. Moïra avait voulu l'étriper, cette vieille bique. Elle lui avait sauté à la gorge, avait cherché à lui choper les yeux, les boucles d'oreilles, tout ce qui pouvait s'arracher. Personne n'avait jamais vu ça, elle était possédée cette gosse. Quand l'instit pensait avoir gagné la partie, la petite se relevait : un boxeur au coup de gong.

Le père Tatta avait bondi sur sa mobylette Brigitte Bardot et embarqué son acolyte. Sur la route, il s'était retourné : T'as ce qu'il faut ? Pop avait tâté la poche de son bleu : J'ai toujours des munitions.

Moïra hurlait, un cochon qu'on égorge. Une instit la ceinturait, une autre lui tenait les jambes. Tatta en avait eu les larmes aux yeux. À toi de jouer, avait-il lancé à Pop. Ce dernier avait sorti un Toscane. La vieille bique en chef avait protesté :

– Vous allez pas fumer ici, c'est une école !

– ZITTI !

Il avait allumé le cigare et la fumée avait aussitôt capté l'attention de Moïra. Un truc de vaudou, elle était hypnotisée. Devant les institutrices médusées, son casque sur la tête, Pop pompait de toutes ses forces. De grandes bouffées gonflaient ses joues et pouf ! il sortait de sa bouche des chapelets de ronds de fumée. Quand elle avait été bien calmée, Tatta l'avait ramenée à la maison.

Fier comme un coq, Pop avait raconté comment il avait découvert ce pouvoir de la fumée lors d'une crise, un jour qu'il se trouvait dans les parages. Il avait toute une théorie scientifico-magique. La fumée des Toscani était purifiante, elle chassait les mauvaises énergies. Un peu du genre de l'encens des curetons, sauf que c'était pas des bobards. Et puis c'est cent pour cent naturel, pas comme ces merdes de cigarettes américaines.

Vers douze ans, Moïra avait fait une crise encore plus violente. Pour trois fois rien, des petits pois. Tout avait volé dans la cuisine. Le pédiatre leur avait conseillé un psychologue et le père Tatta en avait fait tout un foin. Les psys, c'est juste bon pour les bourgeois qui n'ont pas de copains. Chez nous, quand on a un truc sur le cœur, on va au bistrot et on met verres sur table.

– Vous pensez que Moïra va revenir ? demande Coralie en touillant les braises.

Parlez d'autre chose, bordel, marmonne Figuette. Une rasade de feu.

– Non, dit Bolchoï, c'est mort.

Mêle-toi de ton derche. Une rasade.

– Bien sûr qu'elle va revenir, dit Nourdine. C'est compliqué, mais ils s'aiment comme des fous, ces deux-là.

Merci mon Nounou. T'es un pote. Une rasade pour toi.

– L'amour suffit pas toujours, dit Bolchoï.

Pisse-froid de Polack. T'es qui pour juger ? Une rasade.

– C'est pas faux, enchaîne Coralie. Tout a changé depuis qu'ils ont eu la gamine.

Grognasse. Vous vous êtes bien trouvés, avec le gros sac. Rasade.

– Je lui disais toujours de faire gaffe, dit Wanda. Combien de fois on l'a mis dehors du bistrot. Moïra lui envoyait message sur message ; il répondait même plus. Fais pas le couillon, qu'on lui disait, rentre chez toi.

Pas vous ! Sales hypocrites ! Rasade.

– Vous croyez qu'elle a rencontré quelqu'un ? demande Coralie.

– Évidemment qu'elle se tape un gars, dit Piccio. C'est obligé. Elle est jeune, bien gaulée. Pourquoi elle se priverait ?

NON !

Rasade. Poing dans le mur. Cri étouffé. Rasade.

– Parle pas sans savoir, dit Wanda. Et puis…

Nourdine la coupe.

– Je l'ai eue au téléphone.

– Moïra ? Quand ça ? Pourquoi t'as rien dit ?

– Y a un mois. J'avais déjà essayé plusieurs fois,

elle répondait pas. Alors je l'ai appelée avec le téléphone d'un collègue.

Rasade.

– C'est un homme qui a décroché.

– C'était qui ce type ? demande Wanda.

– Sûrement son nouveau mec, dit Piccio.

– Il voulait pas me la passer, j'ai dû insister. J'ai pas eu le temps de lui dire grand-chose. Juste que Figuette faisait des efforts, qu'il s'occupait bien de la petite, des trucs comme ça.

– Elle t'a dit quoi ?

– Qu'elle devait me laisser, elle pouvait pas parler. Elle pleurait, enfin je crois.

La tête entre les genoux. Figuette mord le sable. Plein la bouche. Hurle en dedans.

Un flash allume la nuit. Suivi d'un grondement aussi soudain que violent.

Pop se lève, fébrile.

– Porca Madonna, c'était quoi ça ? Les Américains qui débarquent ? Moi je me taille.

– Rassieds-toi, Pop, dit Alain. L'orage va passer à côté.

– Le Pop a peur que le ciel lui tombe sur la tête, se moque Piccio.

– J'ai senti une goutte, dit Wanda.

– Moi aussi, dit Coralie.

Le temps de mettre les bières et les merguez à l'abri, la pluie s'abat, martèle les toits de tôle. Ils déguerpissent en vitesse.

La dernière fois que Moïra avait vu sa fille, c'était en la déposant à la maternelle. La petite s'était élancée dans la cour de récréation sans un regard pour elle. Tu me donnes pas un bisou ? Zoé avait fait demi-tour. Et elle avait balancé un coup de poing rageur dans la figure de sa mère.

Lèvre fendue, goût de rouille dans la bouche. Les regards gênés des autres parents. Un kleenex tendu, avec un mot : Sont pas toujours faciles à cet âge-là.

Une heure plus tôt, elle s'était réveillée dans un lit vide. Elle pouvait entendre Figuette prendre son café dans la cuisine. Les draps chauds, elle s'était retournée : encore cinq minutes.

Sa décision était prise, elle allait de nouveau

partir. Elle était à bout, pensait ne pas avoir le choix. Si tu restes, il vous enterrera dans ce trou. Sauve-toi. Sauve ta peau. Cette fois ce sera la bonne. T'as assez donné, à lui de rester cloîtré avec la gosse. Enroulée dans sa couette, elle faisait son sac en pensée : les fringues, les choses indispensables. C'était réjouissant, comme planifier des vacances.

Les fugues, elle connaissait : elle en avait fait deux en trois ans. Autant de bouffées d'oxygène. Du temps pour elle, rien que pour elle. Sans culpabiliser. La culpabilité, ce serait pour plus tard, quand les jours se transformeraient en semaines et qu'elle ne saurait plus comment revenir.

En cavale, lorsqu'elle découvrait une grande ville, elle trouvait tout formidable. Au hasard des rues, elle levait la tête, s'imaginait vivre dans cet appartement aux volets bleus, ou dans cet autre, au-dessus d'une épicerie bio. Les promesses de vraies sorties. Elle pourrait se faire belle, prendre le taxi ou un de ces vélos de bobos. Aller au théâtre, au restaurant, sans l'angoisse de l'addition, car elle aurait un bon boulot. Dans un an, ces rues, je les aurai parcourues des centaines de fois. Je connaîtrai chacun des petits commerçants. Ce sera chez moi.

Et puis arrivait un moment où l'herbe ne lui semblait plus si verte. Elle glissait dans une nouvelle routine, tout aussi décevante. Elle pensait souvent aux absents. Sa fille lui manquait terriblement. Est-ce que sa dent qui bougeait a fini par tomber ? Et ses cheveux ? Si Figuette ne les lui démêle pas avec la brosse en soie, ils vont être pleins de nœuds, faudra lui couper ses jolies bouclettes.

Elle doutait de son choix, se demandait si elle n'avait pas renoncé trop vite. Elle aurait dû se battre davantage pour réveiller son homme. Il valait mieux que ça, il n'avait pas toujours été un zombie. Tout était de la faute de l'usine, elle en était certaine. Cette garce l'avait lobotomisé.

Elle allait le convaincre de tout recommencer ailleurs, tous les trois. Mais elle s'affolait. Et si c'était déjà trop tard ? Si jamais il ne voulait plus d'elle ? Fallait qu'elle rentre, tout de suite.

Après sa première fugue, quand il l'avait retrouvée dans la cuisine, il avait tout retenu : sa surprise, sa joie, sa colère. Elle s'attendait à en prendre plein la gueule, pensait le mériter ; peut-être en avait-elle besoin. Au lieu de quoi il lui avait préparé un petit déjeuner, fait couler un bain. Pas le moindre reproche, pas même une question. Quelle couille molle ! Alors elle avait pensé : Il ne me mérite pas. S'il m'aimait autant qu'il le prétend, il me serait rentré dedans.

Ce dernier matin, avant de la déposer à la maternelle, Zoé l'avait rejointe dans leur lit. Elle s'était glissée sous la couette et collée contre le ventre de sa mère.

– Maman.

– Quoi ?

– Je t'aime.

– …

– Même que je t'aime plus que papa.

– Dis pas ça.

– Mais c'est vrai ! Je t'aime plus que Nonna aussi. Plus que le monde entier.

– Arrête, Zoé, c'est mal. T'imagines comme ils seraient tristes s'ils t'entendaient ?

Sa fille lui avait déclaré son amour, et en retour elle l'avait grondée. Un bouclier s'était dressé. Les mots d'amour peuvent être violents. Surtout quand vous cherchez à tirer un trait sur le présent. Comme si la petite avait deviné ses intentions et qu'elle avait cherché à la retenir.

Sur le trajet de l'école, Moïra avait voulu se rattraper. Si on faisait des crêpes ce soir ? Trop tard. Un coup de poing dans la gueule. Par son bébé. Devant les autres parents. Elle ne pourrait jamais remettre les pieds à l'école. Affronter les regards. L'humiliation de trop. J'ai tout sacrifié pour vous. Et voilà comment vous me remerciez.

Moïra était rentrée chez elle, avait fait son sac, déposé Mouche chez sa grand-mère et elle était partie.

Une envie de crever. À quatre pattes au-dessus du regard, Figuette vomit. La gnôle brûle en sortant. De grands jets, directement dans la fosse septique.

Le gosier en feu, il se rince au tuyau d'arrosage. L'eau semble le dégriser. Il ferme les yeux : ça tourne toujours autant.

Une clope. Il me faut une clope.

Après s'être assuré que Zoé dormait, il ouvre la porte de derrière et découvre l'ampleur du déluge : de grandes rafales de pluie à l'horizontale. Il longe la façade, le crépi griffe ses coudes nus. Une fois arrivé au barbecue, il scrute la pénombre, puis enjambe la murette. Dans la rue, de l'eau jusqu'aux chevilles. Le ruisseau est sorti de son lit. On ne distingue plus le trottoir de la route. Dans les bouches d'évacuation, des cascades. Il remonte le courant. Quelques maisons plus loin, il se met à couvert sous un porche.

La mère Tatta cache un double de ses clés sous ses géraniums. Le jour où les pompiers viendront la chercher, elle veut leur éviter de casser un carreau. Il introduit la clé dans la serrure, fait un tour, et la porte s'ouvre dans un gémissement. Le parquet grince sous la pointe de ses baskets trempées. Le tic-tac de la pendule. Une odeur de tabac froid et de soupe aux poireaux. Au-dessus de l'évier, des crochets de boucher : un jambon emballé dans une taie d'oreiller, des saucissons. Sur la table en formica, un cendrier rempli de mégots et un briquet, mais pas de cigarettes. Dans les tiroirs du bahut, des médicaments périmés. Sur le frigo, des pots de confiture, une pile de prospectus.

Coucou !

Saleté de pendule, il a failli faire une attaque. Son genou cogne dans la table. Il ravale un cri de rage. Le coucou chante minuit. C'est long douze coups.

Il n'avait jamais remarqué combien il est moche, ce piaf. Un rouge délavé, poussiéreux, avec un œil qui dit merde à l'autre. Il finit par rentrer dans sa cabane en pommes de pin.

Figuette fouille le salon. Rien sur la table basse, ni sur le meuble de la télé. Il entend un bruit à l'étage. Des pas ! Il panique, glisse et heurte à nouveau la table de la cuisine. Le cendrier kippe, s'éclate au sol et les mégots s'éparpillent dans toute la pièce.

Dans les escaliers, une voix : Ma, c'est qui ?!

Des trombes d'eau. Le vent brasse les arbres, fait claquer les volets. Caché derrière les garages de la Caserne, Figuette reprend son souffle. Il serre ses bras contre lui pour se réchauffer, tente de se rassurer. La mère Tatta n'a rien vu. Il faisait sombre, elle n'a pas pu me reconnaître.

La cité est scindée en deux par une rivière. C'est beau. Son esprit s'échappe. Il s'imagine descendre la rue en canoë-kayak, slalomer entre les lampadaires ; ce serait marrant comme jeu.

Faut rentrer. Il traverse la route. Des lumières dans les cuisines, quelques silhouettes aux fenêtres. Il baisse la tête et presse le pas.

Arrivé devant chez lui, des aboiements.

Mauvais pressentiment. Il fait le tour de la maison, saute la murette. Quand il ouvre la porte, il lui faut quelques secondes pour comprendre. De l'eau, brune et boueuse. La fosse septique a débordé ! Mouche aboie après des lambeaux de PQ. Zoé, de la merde jusqu'aux genoux, sanglote en silence.

– Reste pas là !

Il la prend dans ses bras, elle le frappe.

– T'étais où ?! Tu m'as laissée toute seule !

– J'étais pas loin.

– Menteur ! T'es rien qu'un menteur !

Il lui enlève son pyjama sale et monte avec elle et le chien dans le nid.

– Ça pue !

L'odeur est infecte, ils suffoquent. Zoé vomit. Il essuie les morceaux de coquillettes avec sa main.

– Faut que j'aille voir si je peux arrêter ça.

– Me laisse pas ! J'ai peur !

Le sous-sol est un marécage. Ça mousse, ça bulle. Partout des traînées huileuses, jaunes, verdâtres. De grosses mouches bleues sont déjà là, vrombissantes et énervées. La pataugeoire est submergée. La tente, disloquée. Les matelas pneumatiques flottent dans la pièce, se heurtent mollement aux baskets, bouteilles en plastique, fringues et peluches. Des îlots d'objets, sur lesquels Lulu la grenouille coasse, avant de plonger et de réapparaître plus loin.

Réfugiés dans le nid, ils assistent à la scène avec sidération. Et maintenant ? Ouvrir le garage ? Les eaux ne s'écouleront pas davantage. Mais ça lui permettrait de sortir la voiture. Depuis le nid, il ne peut pas voir si elle est inondée. Il a besoin d'en avoir le cœur net.

La mélasse est glacée. Il s'enfonce, perd l'équilibre. Se relève, pousse un matelas avec son pied, sort son PC de l'eau. En allant le poser sur l'établi, un truc jaune attire son œil. Le canari émerge, tout mou, le bec grand ouvert. Il le cache dans sa poche. Un peu plus loin, une tache rouge, la tête renversée, les ailes déployées.

– Tac s'est noyé !

– Je suis désolé, Zoé. Je t'en achèterai un autre, promis.

– Je veux pas un autre ! Je veux Tac ! Fais quelque chose !

– J'y peux rien, c'est trop tard.

– Et Tic ? Il est où Tic ?

– Il est mort aussi.

La gamine crie, jette monsieur Marsu dans la merde.

– Moins fort, Zoé !

Il remonte dans le nid, la prend dans ses bras.

– Lâche-moi ! Me touche pas !

Mouche se dresse.

– S'il te plaît, Zoé. Faut que tu fasses moins de bruit, on pourrait nous entendre.

Figuette la serre fort contre lui ; le chien montre les dents. C'est rien, ça va passer, pleure pas. Doucement, tout va bien. Il la berce et Mouche hurle comme un loup.

Soudain le chien se tait. Il fixe la porte du jardin, le poil hérissé. Trois coups sourds. Mouche bondit du nid, se rue vers la porte.

– Ohé ! Y a quelqu'un ?

Avec son doigt, Figuette fait chut à Zoé.

– Mouche ? Figuette ? Vous êtes là ?

La poignée s'abaisse, la porte s'entrouvre.

– Doucement, Mouche. C'est moi, tu me connais.

Nourdine tend sa main au chien, qui la renifle en baissant les oreilles.

– Tu me laisses entrer ? Oui, c'est ça, bon chien.

Ils se sont lavés ensemble, tous les trois dans la baignoire. Emmaillotée dans un drap de bain, les cheveux plaqués, le visage de sa fille lui a semblé changé. Ses traits devenus plus fins; ses yeux noirs, profonds à vous donner le vertige. Envolées, ses rondeurs de bébé. Figuette n'avait jamais remarqué ce duvet blond sur son oreille. Il s'émerveille de ce lobe, de ce cartilage presque transparent, et puis cette fossette. Il ignorait qu'on pouvait regarder une oreille avec autant d'amour.

– Qu'est-ce qu'y a, papa ?

– Rien, crapaud, et il l'embrasse sur la joue.

– Tu piques !

Zoé s'est endormie sur le canapé. Figuette fume à la fenêtre du salon. Il écrase sa cigarette, en allume une autre sans plaisir, juste pour ne pas avoir les mains vides. Trois maisons plus loin, le père Manzatto débite son prunier, tombé dans la nuit. Une mêlée de branches façon Mikado. La tronçonneuse rugit, fait gicler des gerbes de sciure rose.

Les habitants de la Caserne sont tous dans la rue. Ils s'entraident pour balayer les feuilles, racler la boue, monter sur les toits pour changer les tuiles cassées.

Au petit jour, les pompiers ont installé des pompes dans les caves inondées. Nourdine a voulu les envoyer dans celle de Figuette.

– Non, personne doit savoir !

– Calme-toi, Figuette, on va se débrouiller autrement.

– Va falloir une pompe.

– Je vais appeler les frères Ronzi, je crois qu'ils en ont une.

– Non, pas les Ronzi !

– OK, juste les copains.

Figuette entend les pelles gratter le béton du sous-sol et la pompe tourner à plein régime. Quand Bolchoï, Piccio et Alain sont arrivés à bord du camion de l'usine, Figuette est descendu. Passez par-derrière, n'ouvrez pas le garage, personne doit voir. C'est bon Figuette, on gère. Remonte avec ta fille.

De sa fenêtre, il les regarde vider tout un pan de sa vie dans la benne. Le saloon et les portes mauresques ne sont plus qu'une bouillie de carton. Les fougères et les peluches, ensevelies sous des brouettes de sable et de merde. La tente rouge, un lambeau. Seule consolation, la voiture n'a rien. Un coup de kärcher et il n'y paraîtra plus.

Lorsque Zoé se réveille, Figuette la descend dans le jardin. Au pied du mirabellier, ils creusent un trou. Zoé y dépose les canaris et lui un bouquet de pâquerettes. Tout ébouriffés, les piafs. La gamine les a lavés, puis passés au sèche-cheveux. Elle a tenu à les habiller avec les vêtements de ses Barbies. Tic porte un tricot bleu ciel et Tac un top à paillettes. Pour clore la cérémonie, Zoé improvise une comptine.

La grenouille a disparu, sans doute avalée par la pompe. Ou peut-être a-t-elle réussi à se faire la belle. Il donne cette version à Zoé.

Wanda arrive avec une marmite de farfalle à la ricotta et un cubi de rosé. Zoé reste blottie dans les bras de son père. Figuette évite de croiser les regards, mange en silence.

Piccio sort du sous-sol, le palmier en papier mâché sous le bras.

– Je fais quoi de ce truc ?

– Mets-le à sécher avec les autres, dit Nourdine.

– Non, répond Figuette. Balancez tout.

Wanda se mouille le pouce et enlève une crotte au coin de l'œil de Zoé.

– On dirait que t'as fait un gros dodo, t'as les yeux encore tout collés. Tu veux une tresse ?

– Non, c'est papa qui me coiffe, dit-elle en plongeant son visage dans le sweat de son père.

– Zoé, je sais pas faire.

– Et si on la faisait ensemble ? propose Wanda. D'abord, tu brosses bien les cheveux et tu les rassembles. Ensuite tu les divises en trois. Oui, voilà. De la même épaisseur, sinon ce sera pas joli. Tu gardes deux mèches bien coincées entre tes doigts de la main gauche. C'est ça. Fais gaffe de toujours bien maintenir la tension.

– Et l'espèce de cabane pendue, demande Piccio, on la fout aussi à la benne ?

– Je veux bien la récupérer, dit Nourdine. Elle plairait grave à mes gosses.

– Non ! Jetez pas le nid de monsieur Marsu ! s'exclame Zoé.

– On va le garder. Mais balancez tout le reste.

De nouveau un silence pesant. Figuette se concentre sur les cheveux de sa fille. Ça va, je te fais pas mal ? Il s'aide en coinçant une mèche dans sa bouche.

– Sinon, dit Bolchoï, vous avez quelque chose de prévu pour les vacances d'hiver ?

– On est qu'en juillet, fait remarquer Alain, tu penses déjà à skier ?

– Ben j'me disais qu'on pourrait partir tous ensemble. Ça manque pas de place dans mon grenier.

Tout le monde se regarde, guette la réaction de Figuette. Puis c'est au tour de Piccio de lancer :

– Ça me dit bien à moi. Le Poète pourrait nous construire un igloo en carton.

– Avec un bonhomme de neige en polystyrène, ajoute Nourdine.

Allez-y, se dit Figuette sans lever le nez de la tresse, chambrez bien, faites-vous plaisir.

– Peut-être que si tu commences maintenant, dit Piccio en s'étouffant avec une pâte, t'auras fini la patinoire pour Noël.

– Je vois bien Mouche en chien de traîneau, dit Bolchoï, au bord de l'explosion. Mieux, en renne, avec des cornes et un petit pull que tu lui auras tricoté !

Figuette est gagné par le rire :

– Le pauvre clebs, si y doit traîner ton gros cul, on est pas rendus.

– On va avoir des plaintes de la SPA ! enchérit Piccio.

Bolchoï se lève pour se resservir un rosé, tape sur son ventre :

– Bande de jaloux, c'est rien que du muscle !

En passant devant Figuette, il lui pince la joue.

– Couillon d'la lune, dit-il, t'as de la chance que je t'aime bien.

– Regarde, dit Figuette en montrant la tresse à Wanda. Je crois que c'est pas trop mal.

– Fais une photo, demande Zoé, je veux voir.

Figuette prend une photo et la montre à sa fille.

– Tu peux l'envoyer à maman ?

– Si tu me promets de finir tes pâtes.

– D'accord.

Figuette accompagne la photo d'un mot. Il hésite, l'efface. En tape un autre et l'envoie. Zoé prend la brosse et décide de coiffer Mouche.

– C'est fait, maintenant tu finis tes pâtes.

– D'accord.

– Zoé, t'as promis.

– D'accord d'accord, dit-elle tout en continuant à brosser le chien.

Il y a deux types d'hommes, disait son père. Ceux qui se lavent le matin, et ceux qui se lavent le soir. Figuette ne peut s'empêcher d'y penser quand exceptionnellement il se douche le matin. Les gars comme nous, ils se pomponnent pas pour aller au bureau. Les gars comme nous, ils se décrassent en rentrant du turbin, pour se coucher sans pourrir les draps.

Un gant de crin à la main, Figuette se frotte à s'en brûler la peau. Savon noir, liquide vaisselle, il a tout essayé. L'odeur d'égout s'est incrustée dans chacun de ses pores. Plus moyen de faire entrer Zoé dans la salle de bains. Ces derniers jours, il l'a davantage lavée que durant tout un mois.

Elle lui a fait jurer-cracher de ne plus la forcer. Et pis regarde, papa, pas besoin de savon : un coup de pschitt-pschitt et on sent plus que ça pue !

La gamine a trouvé le flacon sous le lavabo. La Petite Robe Noire. Le parfum de Moïra partout dans la maison. Une contrefaçon offerte par Piccio ; il sent aussi bon que le vrai. Quand il la voit sur le flacon, cette petite robe noire, il la revoit elle, dans ce bal où ils s'étaient rencontrés. J'ai les lèvres qui pétillent, lui avait-elle dit après deux coupes de champagne. Ce qu'il ne donnerait pas pour un seul de ses sourires canailles. La sentir se cambrer sous ses caresses. Le duvet de sa nuque se hérisser, sa peau frissonner. Ses tétons se dresser sous la paume de ses mains. À présent, c'est pour un autre qu'elles pétillent, ses lèvres. Bien fait pour ta gueule, même pas été foutu d'aller la chercher. Tu sais pourtant où la trouver. Elle a raison, tu la mérites pas. Si tu l'aimais autant que tu le dis, tu serais allé à Clermont et tu l'aurais ramenée.

Les copains s'inquiètent pour Figuette, ils le visitent comme une vieille tante malade. À tour de rôle, ils trouvent un prétexte pour passer à la maison. Hier soir, Piccio avait besoin d'une pompe à vélo. Ce matin, Bolchoï cherchait un sèche-cheveux. Qu'est-ce tu veux en faire, t'as trois poils sur le caillou ? Autour d'un café ou d'une bière, ils parlent de tout et de rien. De tout, sauf de ce qui s'est passé dans la cave. L'embarras, ils l'ont évacué à grands coups de vannes : chambrer, c'est juste de la pudeur.

Figuette tourne dans la cuisine pendant que la mère Tatta est aux fourneaux : des panzerotti, chaussons farcis de tomate et de mozza, frits dans l'huile. Elle le voit venir.

– Nonna, je me demandais si vous aviez des nouvelles de...

– Non.

– Vous pensez que...

Elle l'envoie bouler d'un geste de la main.

– Je me disais que peut-être...

– Basta, Fighetti ! Faut qué tou té fasses oune raison. Moïra, elle réviendra pas.

– Comment vous pouvez en être si sûre ? Elle vous a dit quelque chose ?

La mère Tatta prend une inspiration rauque. D'une voix plus calme :

– Zé lé sais, car c'est moi qui loui a dit dé partir. Si c'était à refaire, moi aussi zé recommencerais tout ailleurs. Y a rien dé bon pour elle ici.

– Comment ça, rien ? Et sa fille ?

– Sa fille, c'est moi qui va m'en occouper, zé loui ai promis. T'inquiète pas, Zoé elle manquera dé rien.

Figuette avait toujours pensé que la vieille était de son côté. KO debout, il la regarde faire manger Zoé. Pour l'emmerder, elle parle en italien.

– Fai attenzione a non bruciarti. Ti piace ?

– Arrêtez de faire comme si j'étais pas là. Chez moi, on parle français.

La mère Tatta ne relève pas, découpe le panzerotto en petits morceaux.

– Vuoi che ci soffi sopra ?

– OK, vous l'aurez voulu, dit Figuette en la tirant par le bras. Merci pour tout, mais on va se débrouiller. C'est ma fille, vous entendez, pas la vôtre !

Il la reconduit à la porte. Elle brandit son crochet de doigts, jure, lance des malédictions.

– Ma che cosa vuoi, brutto ?! Lasciami, Dio porco !

Figuette a beau aérer le sous-sol, l'odeur persiste. Appuyé contre l'établi, il fume en repensant à la Nonna. Dans le coup depuis le début. Comment a-t-elle pu encourager Moïra à se tirer ? Vieille salope. Il écrase son mégot, regarde autour de lui. Ne reste que des étagères vides et, pendu au plafond, leur nid. Il perd son plumage de fougères, laisse percer sa trame en grosse corde orange.

Le samedi suivant, en arrivant à l'usine, Figuette trouve cinq semi-remorques sur le tarmac. Dans le réfectoire, une trentaine d'ouvrières furax encerclent Courson et trois membres de son staff. Une heure plus tôt, l'une d'elles était passée devant Rosegrund et s'était étonnée de tant d'activité un week-end. À la vue des plaques slovaques sur les camions, elle avait donné l'alerte.

L'entrepôt est déjà vidé de son stock de robots, et les Slovaques ont commencé à démonter les machines de production à l'arrache, à grands coups de chalumeau.

Coralie a été l'une des premières sur les lieux. C'est elle qui a surpris Courson, alors qu'il tentait de se cacher dans le coffre de sa Twingo. Assis sur le sol, le nez dans ses mocassins à glands, le directeur n'en mène pas large. Les hommes présents, Bolchoï, les frères Ronzi, Rigot et les deux autres délégués syndicaux, sont contraints de le protéger, sans quoi les ouvrières le mettraient en pièces. Voyou ! crient-elles. Criminel ! Vous avez cru pouvoir nous la faire à l'envers ? Ça fera une bonne presse à votre groupe, dit l'une d'elles, qui a tout filmé avec son portable.

Un conseil d'urgence est improvisé. Rigot et les syndicalistes souhaitent séquestrer Courson jusqu'à l'obtention de leurs revendications. Ça marche plus depuis vingt piges ce coup-là, dit Bolchoï. Les Allemands y sont préparés, ils ne plieront pas. Des anciennes de Daewoo insistent pour cramer l'usine et le contenu des camions. Coralie, elle, veut faire les choses dans les règles : appeler la gendarmerie et l'inspection du travail, afin qu'ils constatent la tentative de délocalisation sauvage et placent le directeur en garde à vue. Le ton monte, un accord semble impensable. Lorsque Figuette grimpe sur une table pour prendre la parole, Bolchoï siffle entre ses doigts pour faire le silence.

– L'usine, faut faire une croix dessus, on est tous d'accord. Ce qui compte maintenant, c'est le paiement des salaires, de nos indemnités, et la négociation d'un plan social digne de ce nom. Pour ça, on a besoin de deux choses : le soutien de l'opinion publique. Et faire le buzz dans les médias.

– Et comment tu comptes t'y prendre ?

Figuette soumet son idée et, à son grand étonnement, elle est votée à la quasi-unanimité.

Avant que le convoi de camions se mette en route, quelqu'un demande :

– On fait quoi de Courson ?

– On l'enferme dans la réserve, dit Rigot, avec les chauffeurs et le reste de la direction.

– Et si on le remettait là où on l'a trouvé ? propose Coralie.

Courson est invité à monter dans le coffre de sa voiture : monsieur le directeur, si vous voulez bien vous donner la peine...

Bolchoï surgit aux commandes de son chariot élévateur.

– Laissez-moi ce plaisir, une dernière fois.

Le supermarché a été construit sur les friches de l'ancienne fonderie d'Aubrives, au pied du grand mur troglodyte. Comme tous les samedis, son parking est plein à craquer. Le convoi se gare en cercle, façon caravane de cow-boys. Les clients du supermarché se pressent et les habitants de la ville arrivent, toujours plus nombreux. Le mot a été passé sur les réseaux sociaux et personne ne veut rater ça. Le correspondant du *Républicain lorrain* est déjà sur place et les caméras de France 3 ne tardent pas.

Au centre du convoi, Bolchoï, à bord de son Fenwick. Pour installer Courson aux premières loges, il lève la Twingo à trois mètres du sol, le coffre grand ouvert.

– Ne vous bousculez pas, répète Coco, y en aura pour tout le monde !

Au cul des camions, les gens font la queue avec l'excitation d'un premier jour des soldes.

– Grande distribution gratuite de robots ! annonce Bolchoï dans son mégaphone. Liquidation totale, tout doit disparaître !

Dans les rues adjacentes, un embouteillage se forme. Un concert de klaxons, comme si on venait de gagner une nouvelle Coupe du monde.

– Et on dit merci à qui ? scande Bolchoï.

– MERCI PATRON ! répond en chœur la foule.

Le lendemain, à l'heure du café, Nourdine se pointe chez Figuette. Il regrette d'avoir manqué le meilleur. Quand il était enfin parvenu à se frayer un passage jusqu'aux camions, ces derniers étaient vides. Tout le monde avait repris le chemin de l'usine avant l'arrivée des flics, sauf Coco et Bolchoï, restés sur place pour répondre aux questions des journalistes. Depuis, les demandes d'interviews se multiplient pour ceux que les médias surnomment Robin et Marianne. Leur popularité doit beaucoup aux images de Bolchoï en train de chanter *Merci patron* avec la foule, tout en faisant monter et descendre en rythme la Twingo, avec la tête hallucinée de Courson dépassant du coffre.

Seuls quelques consultants de chaînes d'info, aussi froissés que leurs costumes, traitent les ouvriers de racailles terroristes, des moins que rien, probablement des Gilets jaunes.

Dans un premier temps, la maison mère de Rosegrund avait promis de poursuivre les ouvriers en justice. Mais après la diffusion des vidéos montrant les machines découpées au chalumeau, les Allemands font profil bas. Une délocalisation sauvage ? Tout ça n'est qu'un dramatique malentendu, assurent-ils, la faute à la barrière de la langue.

Figuette et Nourdine ne se lassent pas de visionner leurs exploits. Il y a là matière à animer des décennies de barbecues.

Entre deux vidéos, Nourdine prend soudain un ton solennel :

– Dis-moi, l'ami, faudrait qu'on parle de Mo…

Figuette ne le laisse pas finir sa phrase.

– Tu veux un autre café ?

Nourdine fait signe que non, bien décidé à aller au bout de la conversation.

– Jolies, tes tomates ! lance Figuette.

Nourdine marque un temps pour lui montrer qu'il n'est pas dupe de la diversion.

– Grave, j'en ai jamais eu de si grosses. C'est le Pop qui avait raison, le crottin de chevreuil, c'est de la balle.

– Ouais, acquiesce Figuette en se retenant de rire, de la balle.

Zoé appelle son père. Elle vient de finir de peindre une cabane à oiseaux et veut l'accrocher au-dessus de son lit. Il lui a promis de nouveaux canaris, elle fait des aménagements pour les accueillir.

Quand Figuette redescend, plus personne dans la cuisine. Sur la table, une enveloppe. Elle contient de l'argent et un mot.

Il s'allume une clope, se retient de courir après Nourdine pour lui rendre son fric. Je suis pas un clochard, je veux pas de ta charité.

Il fume, fait le compte de la liasse de billets. Il triture le mot entre ses gros doigts. Lit et relit la dernière phrase.

> Tu t'es déjà demandé ce que tu ferais, si t'étais moins con ?

Aux confins de la Petite Italie, entre campagne et friches industrielles, la Caserne est bordée de champs tracés à la règle, vaste puzzle tout en camaïeu de verts. Au-delà encore, quelques forêts morcelées, dont les sols sont ravagés de bosses et de cratères. Ici, les affaissements miniers et les trous d'obus des grandes guerres se confondent. Dispersés dans les près, les bunkers de la ligne Maginot. Et à un jet de lance-pierre, juste de l'autre côté de la frontière, deux hauts fourneaux transformés en musée, fiers comme des tours Eiffel. Tout autour d'eux, les buildings poussent à la verticale. Le ballet incessant des grues de chantier aux bras immenses, et au milieu trônent les géants de rouille et d'acier, racines du ciel. Les nuits ne grondent plus que le silence. Mais les sentinelles des temps héroïques veillent, habitées par le souvenir de ces dragons qui crachaient le feu de la terre, embrasant l'horizon aux couleurs de leur dignité.

Le soleil se couche sur la Caserne. La porte du garage s'ouvre. Figuette, une valise à la main, fait monter Mouche sur le siège avant. Zoé, lunettes noires sur le nez, attache sa ceinture seule. Le Kangoo jaune s'éloigne, en laissant le sous-sol grand ouvert : y a rien à voler. Ils remontent la rue principale, et longent les jardins jusqu'au carrefour des Terres-Rouges. Puis ils prennent la deuxième à droite et filent droit devant jusqu'au matin.

L'EXEMPLAIRE QUE VOUS TENEZ ENTRE LES MAINS
A ÉTÉ RENDU POSSIBLE GRÂCE AU TRAVAIL DE TOUTE UNE ÉQUIPE.

ÉDITION : Julia Pavlowitch avec Sylvie Gracia
COUVERTURE ET CONCEPTION GRAPHIQUE : Quintin Leeds
ICONOGRAPHIE : Pascale Dubreuil-Ferrieux
RÉVISION : Nathalie Capiez, Emmanuel Dazin et Isabelle Paccalet
MISE EN PAGE : Soft Office
PHOTOGRAVURE : Les Artisans du Regard
FABRICATION : Marie Baird-Smith et Louise Clément
COMMERCIAL ET RELATIONS LIBRAIRES : Adèle Leproux
avec Marie Bréhin
PRESSE ET COMMUNICATION : Manon Kauffmann

RUE JACOB DIFFUSION : Élise Lacaze, Katia Berry (grand Sud-Est),
François-Marie Bironneau (Nord et Est), Charlotte Jeunesse
(Paris et région parisienne), Christelle Guilleminot (grand Sud-Ouest),
Laure Sagot (grand Ouest), Diane Maretheu (coordination),
Charlotte Knibiehly (ventes directes),
Camille Saunier (librairies spécialisées)

DISTRIBUTION : Interforum

DROITS FRANCE ET JURIDIQUE : Geoffroy Fauchier-Magnan
DROITS ÉTRANGERS : Sophie Langlais
ACCUEIL ET LIBRAIRIE : Laurence Zarra
ANIMATION : Sophie Quetteville
ENVOIS AUX JOURNALISTES ET LIBRAIRES : Vidal Ruiz Martinez
COMPTABILITÉ ET DROITS D'AUTEUR : Christelle Lemonnier,
Camille Breynaert et Christine Blaise
SERVICES GÉNÉRAUX : Isadora Monteiro Dos Reis

La couverture et la bande ont été imprimées
par Déjà Link à Stains (Seine-Saint-Denis).

Achevé d'imprimer sur les presses de l'imprimerie
CPI Bussière à Saint-Amant-Montrond (Cher)
en décembre 2020.

ISBN : 978-2-37880-175-5
N° d'impression : 2054509
Dépôt légal : janvier 2021

En France, un livre a le même prix partout.
C'est le « prix unique du livre » instauré par la loi de 1981
pour protéger le livre et la lecture.
L'éditeur fixe librement ce prix et l'imprime sur le livre.
Tous les commerçants sont obligés de le respecter.
Que vous achetiez votre livre en librairie, dans une grande surface
ou en ligne, vous le payez donc au même prix.
Avec une carte de fidélité, vous pouvez bénéficier
d'une réduction allant jusqu'à 5 % applicable uniquement en magasin
(les commandes en ligne expédiées à domicile en sont exclues).
Si vous payez moins cher, c'est que le livre est d'occasion.